Michael Laß

Die Abenteuer des
Ruprecht Semmelburger

Millennium

Viel Spaß mit Band 1 der Serie

In dieser Reihe erscheinen

Band 1:   Millennium

Band 2:   Rudolph wird flügge

Band 3:   Weihnachtskrise

Michael Laß

Die Abenteuer des Ruprecht Semmelburger

Millennium

FSC
www.fsc.org

MIX

Papier aus ver-
antwortungsvollen
Quellen
Paper from
responsible sources

FSC® C105338

Impressum:

Bibliografische Information der Deutschen Nationalbibliothek
Die Deutsche Nationalbibilothek verzeichnet diese Publikation in der
Deutschen Nationalbibliografie; detaillierte biliografische Daten sind im
Internet über http://dnb.dnb.de abrufbar

Copyright: 2019 Michael Laß (Text)

Raya Rosok (Coverbilder)

Herstellung und Verlag:
BoD – Books on Demand, Norderstedt.

ISBN:978-3-7504-1919-3

1 . 0

6. Dezember 2003

Der schwere Sturm trieb die Schneeflocken fast waagerecht über den Küstenstreifen. Bäume bogen sich unter der Schneelast und dem enormen Winddruck. Einige hatten den Kampf bereits aufgegeben. Sie lagen am Boden. Die weiße Decke breitete sich immer mehr über das Land aus und begrub seine Opfer.

In der Polarregion hätte dieser Blizzard in den frühen Morgenstunden dieses 6. Dezembers niemanden gewundert. In Mitteleuropa, auch wenn es der nördliche Teil war, wurden die Menschen völlig überrascht. Damit war hier einfach nicht zu rechnen gewesen.

„Irgendwas ist bei der Dateneingabe wieder schief gegangen," knurrte Ruprecht Semmelburger, seines Zeichens Chief Maintenance Manager der Flugbereitschaft Nord. Der in der Küstenregion aufgewachsene

Techniker lenkte den Schlitten seines alten Freundes St. Nikolaus von Myra in halsbrecherischem Tempo im Tiefstflug durch die Nacht. Bei diesem Wetter bedeutete das, die Kufen des großen Gefährts befanden sich kaum 10 Meter über dem Boden.

„Euer Heiligkeit", wandte er sich an den Freund hinten im Schlitten, „könn'n wir nich endlich Feierabend machen? Dat Wetter is de reinste Katastrophe. Ich hab's ja längst gewusst, dat Petrus mit dem neuen PC-System nie nich klarkommt. Aber diesmal hat er sich selbst übertroffen. Noch gestern Abend hab ich den Wetterbericht gelesen. Schneefall als Tarnung, jo, aber nich so'n Sturm dabei. Außerdem hat er gestern Abend im Restaurant GOLDENE WOLKE to veel Glühwein drunken. Sieh's ja, wat dabei rutkommen is. Die reinste Katastrophe ist dat. Dat mutt ja schief geh'n tun."

Das Lächeln auf dem Gesicht des weihnachtlichen Vorboten verbarg der ausladende

Vollbart. Die Ausdrucksweise seines Freundes amüsierte ihn stets aufs Neue.

Nikolaus, der sich in die weiche Polsterung der hinteren Sitzbank kuschelte, nahm einen großen Schluck lecker Glühwein aus dem Becher der Kanne 3 der nächtlichen Verpflegung. Glühwein, insbesondere der seines in Australien aufgewachsenen Kellermeisters Hendrik van Buren, wärmten seine müden Knochen bei diesem Wetter richtig gut durch. Noch war mehr als eine Kanne dieses göttlichen Tranks im Korb zu seinen Füßen. Im Grunde genommen war Nikolaus über die technische Entwicklung der letzten Jahre mehr als nur froh. Allein die inzwischen ansatzweise zuverlässig funktionierende Wetterblase um den Schlitten herum ersparte allen Beteiligten der Flugbereitschaft allzu unangenehme Stunden in der Luft. Sogar auf die Wolldecke über seinen Knien hätte er verzichten können. Aber wo dann den kleinen Flachmann verstecken, der den Glühwein noch erheblich schmackhafter machte?

Der Heilige Petrus kämpfte nun wirklich schon zu lange mit den neuen Programmen des himmlischen Marktführers DIGITAL ANGELS, die der Erzengel Michael betreute.

„Da wirst du durchaus recht haben", antwortete Nikolaus nachdem er seinen Becher frisch gefüllt hatte. „Petrus hat da so seine Probleme mit dem neuen Equipment. Gestern war er richtig sauer auf das Programm und hat derart geflucht, dass seine Frau eingreifen musste. Sonst hätte vielleicht der Chef noch etwas mitgekriegt. Außerdem läuft das ganze System nicht stabil. Erzengel Michael hat gestern noch eine Reihe Bugfixes einspielen lassen. Scheint entweder nichts gebracht zu haben oder es war zu spät."

„Aber warum denn dat neue Zeug nu in Betrieb nehmen? Wi heb wahrlich genug zu tun mit der Geschenkverteilerei. Ruprecht griff erschrocken in die Zügel des Dreigespanns vor dem Schlitten. „Dat kann ja nu wohl nich angohn!".

Um Haaresbreite rauschten sie an einer alten Eiche vorbei, die aus der weißen Wand vor ihnen aufgetaucht war.

„Rudolph, wenn du schon den Schlitten von seiner Heiligkeit hüt durch dat Schietwetter führen darfst, dann mach deine Augen gefällichs auf. Ich kann nich auch noch jümmers nach vorn kieken, Düwel oak."

Das junge Rentier an der Spitze des Gespanns wandte den Kopf. Sein Gesicht trug einen angemessen um Entschuldigung bittenden Ausdruck. „Also, das tut mir nun ehrlich echt leid, Chef", sagte es mit hell klingender Stimme, „also, ich geb´ mir ja auch Mühe, aber es ist hier alles so anders als auf der Flugschule."

„Du hast das Examen im Blindflug mit Auszeichnung bestan´n!" Ruprecht schüttelte den Kopf. „Pass einfach ´n bischen besser auf."

„Engelbert und ich haben es ihm auch bereits mehrfach gesagt", ließ nun Hubertus vernehmen, der als erfahrenes Zugtier rechts im Gespann lief.

„Es ist nicht so einfach den Schlitten seiner Heiligkeit durch die Nacht zu führen. Bei diesem Wetter schon gar nicht", ergänzte Engelbert.

Kaum hatten Hubertus und Engelbert ihre Kommentare abgegeben, da lenkte Rudolph den Schlitten in eleganter Kurve um einen Schornstein herum. Die Fernsehantenne auf dem Dach hinter dem Schornstein übersah er allerdings. Ein metallisches Knirschen zeugte von ihrem vorzeitigen Ende.

„Zahlt unsere Haftpflicht", kommentierte Nikolaus das Geräusch.

Ruprecht meinte eine feine Nuance merkwürdiger Aussprache bei seinem Freund zu vernehmen und drehte sich um. Hatte er etwa wieder Glühwein dabei?

„Aber der Schadenfreiheitsrabatt bei der ANGEL-ALLIANCE is futsch." Ruprecht warf einen Blick nach hinten. „Vielleicht kann Rudolph den Schaden ja selbst unter meiner fachkundige Anleitung reparieren?"

10

Das letzte Manöver hatte den fast leeren Schlitten, die Fracht für ein Dorf am Deich war noch drin, sehr nahe an die Autobahn gebracht.

Diesen Gedanken hatte Ruprecht noch nicht zu Ende gedacht, da änderte sich die Situation schlagartig. Der Schlitten wurde zur Seite gerissen und stieg. Sekunden später drehte er mit einer sehr engen Steilkurve auf die gerade frisch geräumte Autobahn ein. Kaum war die vereiste Straße unter ihnen, da setzte Rudolph auch schon zur Landung an. Landung? Was folgte war keine Landung, sondern glich einem verzweifelten Versuch den Schlitten irgendwie an den Boden zu bringen.

„Düwel oak, wat soll dat denn nun wieder", setzte Ruprecht zur Schimpfkanonade an, da knallten die Kufen bereits aufs Eis. Ihm wurde sehr warm im Nacken, extrem warm. Entschlossen griff er hin und sah ROT!! Er war verletzt, vielleicht sogar schwerwiegend. Tödlich verletzt konnte er nicht werden, denn tot war er ja schon sehr lange.

Blut färbte seine Hand und lief schnell in seinen Jackenärmel. Automatisch hielt sich Ruprecht die Hand an die Nase und roch ... GLÜHWEIN mit SCHUSS!

Jetzt griffen die Spikes an den Hufen der Rentiere. Schneestaub stieg zwischen den Tieren auf. Ruprechts riss den Griff der Schlittenbremse hoch. Die Winterbeläge krallten sich in das Eis auf der Fahrbahn, hielten das Heck des Schlittens unten. Noch mehr Schneestaub hüllte das Gefährt ein. Dennoch schob sich eine dunkle Wand mit zwei roten Lichtern immer näher heran. Ein hässliches Knirschen beendete die Rutschpartie abrupt. Selbst die Wetterblase hatte diesen Direktkontakt nicht verhindern können.

„Was war das denn?", vernahm Ruprecht die gedämpfte Stimme seines Freundes Nikolaus.

„Rudolph, bist du denn mall?" schimpfte Ruprecht nach vorn, „du kannst doch nich auf'e Autobahn runter! Dat geht nie nicht. Dat gifft dat doch op keen Ship nich!"

Rudolph befreite sich aus dem Heck des Lasters. Splitter des Rücklichts rieselten zu Boden, als er seinen Kopf aus der linken Rückleuchte zog. Doch seine Nase, der Stolz eines jeden Rentieres, leuchtete hellrot wie ein Bremslicht.

„Tut mir echt leid, Chef", antwortete das Leittier. Seine Stimme klang plötzlich verschnupft. Er drehte den Kopf zur Seite. Der rote Lichtkegel beleuchtete den Rand der geräumten Fahrbahn. Aus dem Schnee lugte ein Fischerstiefel heraus. „Da steckt doch aber ein Schuh. Den müssen wir ..."

„Wart´ mal", brummte Ruprecht und kletterte vom Bock. Er riss den Stiefel förmlich aus dem Schnee und trat an den Schlitten. „Den nich, oder Euer Heiligkeit?"

Ein Blick in den Schlitten reichte und seine Wut war verraucht. Nikolaus lag im Fußraum zwischen Sitzbank und Kutschbock. Die Päckchen für die letzte Station ihrer Reise waren malerisch auf ihm verteilt. Einige Präsente hatten die rüde Behandlung sehr schlecht vertragen. Zerfetztes Geschenkpapier komplettierte das Chaos. Nikolaus sah, gelinde gesagt, erhitzt und arg derangiert aus. Die Mütze hing schief auf dem weißen Haupthaar, der Bart und der Mantel trugen eindeutige Spuren von Glühwein. Am rechten Ohr des heiligen Mannes jedoch hatte sich ein rot-weißer String-Tanga verfangen, der Ruprecht vollends um die Beherrschung brachte.

„Hör auf zu lachen", donnerte St. Nikolaus und rappelte sich auf, „wir müssen weiter."

„Das sieht ja richtig schmuck ut, aber so geht dat nun wirklich nich, mein Freund. Warte mal." Ruprecht rückte die Mütze des Freundes zurecht, schloss dessen nach Glühwein mit Schuss duftenden Mantel. Erst als Letztes pflückte er den Slip vom Ohr.

„Den solltest du heut´ lieber nich zustellen", kommentierte er den Fund, den er wie eine Trophäe hochhielt. „Ich sag mal, der ist auch nich mehr ganz frisch, euer Heiligkeit. Glühwein,

14

Marke van Buren, mit Amaretto veredelt, wenn du mich fragen tust."

Nikolaus riss Ruprecht den Tanga förmlich aus der Hand und stopfte ihn in die Manteltasche, ehe er den Stiefel entgegennahm. Er betrachtete ihn nur kurz.

„Petrus", stieß er hervor. Ein heimtückisches Grinsen erschien auf seinen Lippen. „Der Stiefel gehört eindeutig Petrus! Den hat er vor Wut aus der IT-Zentrale gefeuert! Ich kenn ihn doch! Na warte, mein Freund!"

Er zog den Tanga wieder heraus und steckte ihn sorgfältig zusammengelegt – nicht ganz einfach bei der Kälte – tief in Petrus´ Stiefel hinein. Dann legte er den Stiefel auf die Bank im Schlitten.

„Das gibt ein nettes Nikolausgeschenk!", kicherte er.

„Und meine Nase?" Rudolph wandte sich dem Schlitten zu. „Die leuchtete immer noch!"

Ruprecht trat zu ihm und untersuchte ihn.

„Da ist nix zu machen, Rudolph", sagte er

schließlich. Er kraulte Rudolph den Hals. „Deine Nase wird bis zum Jüngsten Tag leuchten. Und nu gau wech hier. Dat is ziemlich spät geworden. Und ich hab auch noch de dösige Schadensmeldung zu schreiben und bei Gabriel abzugeben."

„Lass mich das machen", dröhnte Nikolaus` Stimme von hinten, „die vierte Flasche ist noch heil geblieben. Damit mach ich ihm bestimmt eine Freude."

„Und dir auch, wenn ihr beiden den an Ort und Stelle vernichten tut", brummte Ruprecht, „aber erst mal krich ich auch einen auf den Schreck."
Mit einem gefüllten Becher in der Hand kletterte er auf den Bock und ergriff die Zügel. In aller Ruhe leerte er den Becher, bevor er den Schlitten wendete. Mit einem Kavaliersstart, wie Ruprecht es liebte, nahm der Schlitten im dichten Schneetreiben Fahrt auf. Schneestaub wirbelte von den Hufen der Rentiere auf. Dann hoben die Kufen von der Fahrbahn ab.

16

Aus der Schneewand tauchten zwei große Scheinwerfer auf. Rudolph reagierte sofort. Er riss den Schlitten in eine steile Aufwärtskurve. Knapp unter den Kufen huschte das vereiste Dach eines Trucks vorbei. Durch den Schneesturm zogen die Rentiere den Schlitten immer weiter in die Wolken hinein. Vorn an der Spitze leuchtete Rudolphs rote Nase.

2 . 0

Zurück an Heim und Herd

Ruprecht Semmelburger kehrte von diesem nächtlichen Einsatz erst nach 7 Uhr in seinen Bungalow am Rande des himmlischen Flugfeldes der Flugbereitschaft Nord zurück.

Geographisch gesehen lag die große, ebene Fläche nahe dem Nordpol der Erde. Insofern traf die Behauptung der Eltern, der Weihnachtsmann lebe in Himmelpforten am Nordpol, sogar zu. Die Kinder glaubten diese eigentlich als Ausrede gedachte Aussage, bis sie ein gewisses Alter erreicht hatten. Danach leugneten sie wie die Erwachsenen die Existenz des Weihnachtsmannes und seines Wohnortes vehement. Diesen Irrglauben belegten die Menschen mit der wissenschaftlich bewiesene Tatsache, dass es am Nordpol nur eisige Einöde gab. Das hatten im Übrigen auch zahlreiche Expeditionen und Überflüge mit modernster Technik ergeben.

Die Existenz mancher Geschenke zu Weihnachten oder am Nikolaustag ohne Hinweis auf den Schenkenden, wurde dagegen nicht in Frage gestellt. Wer schaut schon einem geschenkten Gaul ins Maul? Vor allem dann nicht, wenn es sich um lang ersehnte Kleinigkeiten handelte. Schließlich lebte man in Zeiten des rasanten technischen Fortschritts. Da nahm man schon mal Fehler eines Verkäufers oder des Paketdienstes eines Internetanbieters gern in Kauf.

Natürlich waren weder das Palais des Weihnachtsmannes noch das Flugfeld mit all seinen Gebäuden für temporär auf der Erde befindliche Menschen sichtbar. Selbst die inzwischen entwickelten technischen Geräte wie Wärmebildkameras oder dergleichen konnten das Areal nicht aufspüren. Infolge dessen existierte der Ort einfach nicht.

Dabei lag es nur an einer kleinen Verschiebung in der Raumzeit, die diesen geheimnisvollen Ort, der den Namen Himmelpforten trug, vor aller Augen verbarg. Vor aller Augen? Nicht ganz, denn die Fantasie der Kinder wäre in der Lage gewesen die perfekte Tarnung zu durchbrechen. Doch die Fantasie ging Menschen auf Planeten in den ersten Lebensjahren verloren. Genauer gesagt, nach einer gewissen Zeitspanne auf einem Planeten konnte sie nicht mehr vollständig aktiviert werden. Die Menschen waren somit praktisch aus Himmelpforten und ähnlich verborgenen Orten ausgeschlossen. Diejenigen, die sich die Fantasie bewahren konnten, wurden glücklicherweise von ihren Mitmenschen nicht ernst genommen.

Ruprecht Semmelburger, der von den Menschen als „Knecht Ruprecht" bezeichnet wurde, wusste natürlich um das Geheimnis von Himmelpforten. Er wusste auch von seiner Bezeichnung als „Knecht" auf der Erde, die in der himmlischen Gemeinschaft gelegentlich auch benutzt wurde. Je nach Tagesform ärgerte es ihn oder brachte ihn in Rage. Dann konnte nur das Gebäck seiner Frau Franziska von Bergheim ihn wieder beruhigen. Selbst hier an diesem verborgenen Ort hatten Beruhigungsmittel in Form von Keksen und anderen Leckereien ihren figürlichen Preis. Ruprecht behauptete jedoch bei jeder passenden oder unpassenden Gelegenheit, dass er sich jedes einzelne Pfund wahrlich schwer erärgert habe.

Doch heute konnte ihn nichts mehr aus der Ruhe bringen. Zumindest dachte er das nach der anstrengenden Nacht im Schneesturm.

Ruprecht war die ganze Nacht mit seinem Freund und Schwager Nikolaus von Myra zum Verteilen der kleinen unerwarteten Geschenke zum Nikolaustag unterwegs gewesen. Der Ausfall seines ansonsten hoch motivierten Schlittenlenkers hatte Nikolaus dazu gebracht, seinen alten Freund Ruprecht aus der muffigen Werkstatt auf den Kutschbock des Schlittens #2 zu bitten. Dass ein Neuzugang der Flugschule, das junge Rentier Rudolph Volker Norstrip, den

Schlitten trotz vorhergesagtem Schneefall über Nordeuropa führen sollte, hatte seine Heiligkeit irgendwie ... vergessen.

Doch Ruprecht Semmelburger war Kummer gewohnt. Der technische Bereich der Flugbereitschaft Nord hatte die Schlittenflotte des Stützpunktes Himmelpforten stets bereit zu halten. Beispielsweise hatten zum 6. und 24. Dezember alle Schlitten beladen und einsatzbereit zu sein. Die sehr enge Startfolge und die permanente Versorgung der Verteilerschlitten mit den richtigen Geschenken machte eine ausgeklügelte Planung erforderlich. Es war Ruprechts Job einen perfekten Ablauf zu organisieren. Schließlich entschied er, welcher Schlitten starten durfte oder musste.

So war es auch am gestrigen Abend gewesen. Ruprecht wartete in seinem Büro darauf, dass die Schlitten pünktlich abflogen. Plötzlich war die Tür aufgerissen worden und Nikolaus war hereingestürmt. Gestürmt war für den schwungvollen Eintritt seiner Heiligkeit der richtige Ausdruck, denn der bequeme Besucherstuhl vor Ruprechts Schreibtisch war vom intensiven Kontakt mit der Tür förmlich an die Wand geschleudert worden. Aus diesem Duell konnte der Stuhl nur als Verlierer hervorgehen, was er auch getan hatte. Er hatte sein himmlisches Dasein als Trümmerhaufen beendet.

Nikolaus hatte sein Werk nur kurz betrachtet und sich dann sofort Ruprecht zugewandt.

Ruprecht hatte die Worte seines Freundes seiner Frau Franziska gegenüber etwa so zusammengefasst: „Also, der Nicki hat da ein bannig dösiges Problem, mien Seute. Der Schlittenkutscher für Norddeutschland ist ausgefallen. Nu muss ich mit dem Nicki los. Bin bald wieder da, mien Schieter!"

Franziska hatte auf eine Erwiderung verzichtet. Wenn sie in den Jahren des Zusammenlebens mit Ruprecht etwas gelernt hatte, dann, dass zur Weihnachtszeit jegliche Art von Widerspruch vollkommen sinnlos war.

Ruprecht wurde bei der Rückkehr in seinen Bungalow von einer unvergleichlichen Aromawolke empfangen. Er legte seine Jacke ab und entledigte sich seiner Stiefel. Er war ein vorbildlicher Mann, der alles für das Überleben tat. Ganz stimmte das natürlich nicht, denn sterben konnte Ruprecht nicht mehr. Das hatte er bereits vor Jahrhunderten hinter sich gebracht. Aber die Ausbrüche seines brünetten Engels Franziska von Bergheim waren berühmt und berüchtigt.

„Ick bünn all dor", rief Ruprecht, „bist du in ´ne Kök?"

„Wo denn sonst, du himmlischer Herumtreiber!"

„Na, vielleicht wartest du annerswo auf mich?"

Ruprecht trat in die Küche, in der seine Franziska am Herd stand und Pfannkuchen zubereitete. Sein Timing war nicht gerade glücklich. Bei seinem Eintreten hatte sie sich ihm, wenn auch nur kurz, zugewandt. Das hatte fatale Folgen. Sein Engel hatte nämlich gerade den Pfannkuchen durch eine elegant Bewegung ihres Handgelenks aus der Pfanne herausgeschleudert und in Drehung versetzt. Die *Flugscheibe* absolvierte eine perfekte 180° Wende und landete … mit einem satten Klatschen auf der heißen Herdplatte. Die aufsteigende Rauchwolke wurde von lautem Zischen, dem Dong der im Spülbecken ankommenden Pfanne und Franziskas wütenden Kommentaren begleitet. Der Respekt vor himmlischen Geschöpfen lässt an dieser Stelle eine Wiederholung der Worte nicht zu.

„Aber Liebes, es war doch nur ein Pfannkuchen." Ruprecht, der tröstende Worte im Sinn gehabt hatte, musste feststellen, dass eine Umdeutung stattgefunden hatte.

„Ah da schau her, nur ein Pfannkuchen", fuhr ihn Franziska im Wiener Dialekt an, „meine ganze Arbeit am frühen Morgen ist dir net mehr als die Worte *nur ein Pfannkuchen* wert! So wird meine Arbeit für den Herrn also g'schätzt."

„Ja, aber ...", setzte Ruprecht an, kam aber nicht weiter.

„Du kommst nach Glühwein stinkend morgens um 7 Uhr heim und bringst sofort alles durcheinander. Net einmal seinen Pfannkuchen kann man in Ruhe wenden, wenn der Herr sich bemüßigt fühlt heim zu kommen. I hab deinen Schlitten vor gut 2 Stunden landen sehen. Ihr ward mal wieder die letzten, Nikolaus und du. Ihr seid immer die letzten, na, ihr seid das Letzte!"

„Ja aber, wir hatten doch noch die Schäden am Schlitten zu reparieren und der Nicki und ich sind noch wegen der Schadensmeldungen bei Gabriel gewesen. Dat müssen wir alles de Versicherung melden."

„Schau an, und was, bitt schön?"

„Na, da wär erstmal die Antenne, die haben wir mit de Kufe abgeräumt. Dann hat der Rudolph den Schlitten wegen Petrus auch noch in einen Truck rein gesteuert. Die Rücklichter sind Totalschaden, dafür hat der Rudolph nu ne rode

Nase."

„Maria und Josef, das arme Tier! Und du stehst da rum und sagst mir nichts. Der Junge war eh scho aufg´regt, dass er den Schlitten vom Nikolaus führen durfte."

„Dat hab ich nie nich gewusst!"

„Musst du auch net. Und was hat Petrus damit zu tun?"

„Er hat gestern Abend zu viel Glühwein in sich hineingeschüttet und dat Wetter mit dem PC total versaut. Keine Hand hat man vor Augen seh´n können, hat man nich."

Franziska drängte sich an Ruprecht vorbei, schlug ihm auf die Finger als er sie festhalten wollte und stürmte aus dem Haus.

„Jessas, der arme Rudolph", rief sie beim Hinausgehen, „eine rote Nase! Da muss man doch helfen!"

„Da is nix mehr zu machen", murmelte Ruprecht während er ihr nachsah.

Allein im Haus, machte sich Ruprecht daran die

Katastrophe in der Küche zu beseitigen. Dabei widmete er sich auch gleich noch den Pfannkuchen, die seine liebste Franziska für ihn zubereiten wollte. Jetzt war sie beim armen Rudolph mit der roten Nase.

„Nu, erstmal ein Käffchen", schnaufte Ruprecht nach getaner Arbeit und betätigte die Taste für einen großen Kaffee am Vollautomaten. Nachdem er Milch hinzugefügt hatte, prüfte er das Aroma. Zufrieden lächelnd begab er sich ins Wohnzimmer und ließ sich auf seinem Lieblingssessel nieder. Sein Blick wanderte zur Schrankwand in Eiche rustikal. Einen Moment lang spielte er mit dem Gedanken die neue Stereoanlage aus dem Hause „Heavens Electronics" einzuschalten. Er hatte bei der letzten Shopping Tour mit Franziska eine neue CD mit der geliebten Country Musik mitgebracht. Doch seine Energie reichte nicht mehr aus aufzustehen. Seine Beine schienen mit Blei gefüllt zu sein und seine Füße brannten. Genießerisch seufzend genoss er den ersten

Schluck Kaffee. Die Wärme tat ihm gut. Er zog sich einen Hocker heran und legte die müden Beine hoch. Erschöpft schloss er die Augen. Nur fünf Minuten ausruhen, dachte er. Obwohl das Zimmer gut geheizt war, fröstelte Ruprecht. Er öffnete die brennenden Augen noch einmal. Auf der nahen Couch entdeckte er eine akkurat zusammengelegte Wolldecke. Sorgfältig breitete er sie über sich aus und schloss erneut die Augen. Wohlige Wärme durchströmte seinen Körper. Die Müdigkeit übermannte ihn augenblicklich.

Dann kamen die Träume.

3 . 0

Millennium

3.1 Polare Eröffnung

Die Erzengel Michael und Gabriel hatten die verantwortlichen Personen des himmlischen Stützpunktes Himmelpforten zu einer dringenden Besprechung am Morgen des 29. Dezember 1999 zusammengerufen. Selbst Ruprecht Semmelburger als Leiter des technischen Dienstes musste teilnehmen. Dass er bereits länger als einen irdischen Tag seinen schweren Dienst versehen hatte, wurde anerkennend zur Kenntnis genommen. Von der Teilnahme war er jedoch nicht entbunden worden. So kam es wie es kommen musste. Noch bevor die einleitenden Worte des Erzengels Michael gefallen waren, drangen aus Ruprechts Mund leise Schnarchlaute. „Ruprecht, verflixt, du kannst doch jetzt nicht schlafen!", zischte ihm Nikolaus von Myra zu und gab ihm einen leichten Stoß. „Wir sind hier zu einer der wichtigsten Konferenzen des Jahres."

„Ja, wie … was … hab ich nich, nie nich",
brummte Ruprecht, der trotz der schmerzenden
Rippen nicht ganz wach war.

„Ruhig jetzt und hör lieber Erzengel Michael zu."
Nikolaus zupfte seinen Freund an der Jacke. „Das
geht uns bestimmt was an."

Sie saßen am großen Tisch im Briefing Room der
Flugbereitschaft Nord. Neben Ruprecht und
Nikolaus von Myra waren noch Petrus - heute in
dezentem Beige gekleidet - der Weihnachtsmann
Claus von Clausenthal im roten Dienstanzug und
der heilige Christopherus, der unter anderem für
die irdische Uhrzeit verantwortlich zeichnete,
anwesend. Letzterer trug einen eleganten
Nadelstreifenanzug. Die Vertreter der Obrigkeit,
die Erzengel Gabriel und Michael, hatten ihrem
Rang entsprechend am Kopfende des Tisches
Platz genommen. Dem Anlass angepasst bestand
ihr Outfit aus dunklen Anzügen mit passenden
Krawatten.

„Wir sind hier, weil es die Flugbereitschaft Nord etwas angeht", donnerte der blonde Erzengel Michael, der den Vorsitz führte. „Ich rechne insbesondere bei der FB Nord mit voller Unterstützung. Ich weiß, die Aktionen am 6. und 24. Dezember haben den Schlittenbesatzungen sehr viel abverlangt. Die extreme Wetterlage, insbesondere die Sturmlage über Mitteleuropa, machte den Job nicht einfach."

„Und die Technik? Haben wir nix gemacht?", knurrte Ruprecht. „Immer dat gleiche!"

„Darauf, werter Knecht Ruprecht, wäre ich jetzt gekommen", wies Michael ihn zurecht. „Mir sind sehr wohl die Leistungen des technischen Dienstes unter deiner Leitung, Ruprecht Semmelburger, bekannt. Gerade in den Tagen zwischen den Aktionen haben die Techniker wahre Wunder vollbracht."

„Kiek an, geiht doch", grinste Ruprecht seinen Freund an. „Ein Glück, dass an Wiehnachten der Orkan LOTHAR noch über´ m Atlantik gesteckt hat. Sonst hätten wir nun kaum noch einen Schlitten."

„Sei still", zischte Nikolaus erneut.

„Warum dat denn?"

Michael warf Ruprecht einen weiteren Blick zu, der nichts Gutes verhieß. Er zog einen dicken Aktenordner aus der Tasche zu seinen Füßen.

„Das sind nicht deine letzten Verfehlungen, Ruprecht", sagte er und schlug die Akte auf, „sondern die Ziele der Flüge in den kommenden Tagen mit den genauen Anweisungen an die mitfliegenden Techniker von DIGITAL ANGELS. Allein in deinem Bereich, Ruprecht, sind es 58 Ziele, die angeflogen werden müssen. Das Zeitfenster dafür beträgt etwas mehr als 48 Stunden."

„Watt? 58 Ziele, die wir in 48 Stunden anfliegen müssen? Dazu kommt sicher noch eine gewisse Aufenthaltszeit am Ziel, oder?" Ruprecht bemühte sich, nicht im geliebten Dialekt zu sprechen, denn dagegen hatten die Erzengel etwas. Völlig konnte er ihn nicht unterdrücken. Außerdem blieb die Sprachmelodie erhalten. „Das geht ja man nu ganz und gar nich. Wie sollen wir das auf´e Reihe kriegen?"

„Halt die Luft an Ruprecht Semmelburger", rief Claus von Clausenthal, der vis-à-vis Platz genommen hatte.

„Danke", sagte Michael an Claus von Clausenthal gewandt. Er holte tief Luft, ehe er auf Ruprechts Einwand einging. „Es ist richtig, dass vor Ort jeweils Zeit für die Einspielung der Service-programme benötigt wird. Bei den bisherigen Aktionen, die DIGITAL ANGELS allein durchgeführt hat, waren das etwa 80 Minuten. Das bedeutet, wir müssen auf jeden Fall am 31. Dezember um 13.00 Uhr mit den Einspielun-gen fertig sein. Danach aktivieren wir von hier aus die Programme. Schafft ihr das, Ruprecht?"

„Wenn´s Local Time ist, denn schon. Das wird aber bannig knapp, wird das."

„Du meinst Ortszeit?"

„Sag ich doch, Local Time."

Erzengel Michael verdrehte die Augen und murmelte etwas von „Flieger". Genaueres war allerdings nicht zu verstehen. Er schob Ruprecht ein beidseitig beschriebenes Blatt, das er dem Ordner entnommen hatte, zu.

„Hier sind die Ziele in der von mir vorläufig festgelegten Reihenfolge, Ruprecht. Wenn du die Reihenfolge ändern musst, dann nur in Absprache mit mir. Ich brauche von dir in 3 Stunden einen verbindlichen Flugplan für alle Schlitten."

„Ist da die Ladung auch mit drauf?"

„Ladung?"

„Gepäck, Ausrüstung und ähnliches. Ich muss schon genau wissen, welche Lastgewichte auf den Schlitten mitgenommen werden sollen! Danach berechnen sich Reichweite und Geschwindigkeit. So einfach ist dat nich!"

Die kurze Diskussion ließ die Anwesenden aufhorchen. Die Frage nach dem Sinn eines solch massiven Einsatzes der Schlitten stand ihnen in die Gesichter geschrieben.

„Steht alles drin."

„Du sollst mit dem Grund des Unternehmens nicht hinter dem Berg halten, Michael", dröhnte eine tiefe Stimme aus dem Nirgendwo.

„Ja, Chef, das wollte ich ja noch ..." Das Räuspern aus dem Nichts ließ Michael verstummen.

Er schaute stattdessen auf einen Zettel und begann erneut: „Der Chef hat mir aufgetragen, euch den Grund dieses Noteinsatzes zu nennen. Es handelt sich um ein Computerproblem auf der Erde, das wir aus dem Weg schaffen müssen."

„Warum wir?" hakte Christopherus sofort nach. „Das ist ein Problem der Menschen!"

„Nicht so ganz", gab Michael zögernd zu, „leider hat es beim Zulassungsverfahren für das Projekt *Automatische Datenverarbeitung auf der Erde*, kurz ADE, eine fehlerhafte Vorgabe deiner Abteilung, Christopherus, gegeben, die nicht bemerkt wurde. DIGITAL ANGELS hat diese

Vorgabe nicht detailliert genug geprüft. Es ist also unser aller Fehler, der die Erde in Gefahr bringt."

„Um was für eine Vorgabe handelt es sich?", wollte Petrus wissen, der bisher nur zugehört hatte.

„Das würde mich nun auch mal interessieren", murmelte Ruprecht.

„Die Datenverarbeitungsmaschinen auf der Erde werden aller Voraussicht nach den Jahreswechsel 1999/2000 mit dem Beginn einer neuen Zeitrechnung gleichsetzen und alle an Jahreszahlen gekoppelten Ereignisse löschen. Dazu gehören leider auch militärische Programme, die bei 0 Präventivschläge auslösen werden. Das würde das Ende der Erde bedeuten, Herrschaften. Dieses Problem haben wir bereits fast erledigt. Jetzt müssen wir die zivilen Systeme, die mit der lokalen Uhrzeit abgestimmt sind, korrigieren. Hier würde eine neue Zeitrechnung ein Chaos ungeahnten Ausmaßes hervorrufen. Die Wirtschaft, der Verkehr, alles würde vollkommen zusammenbrechen. Das müssen wir verhindern."

„Und wie, bitte schön?" fragte Ruprecht.

„In die Systeme müssen neue Programme auf Basis der überarbeiteten *Allgemeinregeln für Interstellare Daten-Systeme*, kurz AIDS, eingespielt werden, die diesen Fehler korrigieren. Allerdings sind nicht alle Systeme aus dem Internet zu erreichen, das von DIGITAL ANGELS bereits angelegt wurde. Es soll uns den Zugriff und die Fehlerbehebung in irdischen Digitalsystemen ermöglichen. Leider ist es noch nicht vollständig einsatzbereit. Ich will euch nicht mit technischen Details langweilen. Fakt ist, dass wir ungesehen Teams vor Ort bringen müssen, die dort die notwendigen Korrekturprogramme einspielen."

„Das klappt aber nur, wenn der Herr Petrus in den kommenden Tagen das Wetter richtig programmiert", wandte Ruprecht ein. „Eh, so ein Katastrophenwetter wie am 5./6. Dezember darf dat nich nochmal geben, darf dat nich. Sturm und

Regen haben die Wetterblasen so was von überlastet! Die Kurzschlussblitze haben in Dänemark den gesamten Strom ausfallen lassen. Die reinste Katastrophe war das. Wir wären fast zweimal mit Flugzeugen zusammengestoßen!"

„Das war das Programm", verteidigte sich Petrus mit hochrotem Kopf, „wir hatten einen Syntax Error in der Ausgaberoutine. Der Fehler ist noch nicht völlig behoben, leider."

„Ach nee, dat is jetzt nich wahr!", fuhr Ruprecht auf. „Wie sollen denn die Schlitten den dammich engen Flugplan einhalten, wenn du dat Wetter all wedder nich hinkrichst? Dat geiht nie nich, Petrus, all drei mal nich!"

Michael hob beschwichtigend die Hände. „DIGITAL ANGELS arbeitet mit Hochdruck am Wetterprogramm, Ruprecht. Ich hab bereits die besten Engel dran gesetzt."

„Wenn das Wetter nich passt, dann kann ich für nix garantieren, kann ich nicht." Ruprecht tippte auf das Blatt, das vor ihm auf dem abgeschabten

Tisch, übrigens ein gebrauchtes Stück aus Petrus´ Sammlung, lag. „Der Zeitplan is bannich eng, dat seh ich so schon. Außerdem sind drei Stunden für einen funktionierenden Flugplan mit den wenigen einsatzbereiten Schlitten bös knapp!"

„Brauchst du mehr Schlitten?", fragte Gabriel besorgt. „Ich schick dir welche von der FB Süd."

„Ja nich, nie nich die von Süd. Die kennen sich nicht aus, Euer Gnaden. Ich kann dann Rettungsschlitten losschicken, die ich eigentlich auch nicht haben tu. Nee, danke, verzichte!"

„Dann dürfte alles Wichtige besprochen sein", sagte Michael nach einem Rundblick, „und ich stelle zusammenfassend fest:

Die FB Nord wird die erforderlichen Transporte in ihrem Bereich durchführen.

Der Flugplan wird mir in drei Stunden von Ruprecht persönlich vorgelegt.

DIGITAL ANGELS wird die Rettungsaktion technisch vorbereiten.

Das Wetterprogramm wird DIGITAL ANGELS

ins Monitoring mit Zugriffsmöglichkeiten nehmen und überarbeiten.

Die erforderliche Wetterlage wird von Petrus für den 30. und 31. Dezember 1999 irdischer Zeitrechnung, also morgen und übermorgen, bereitgestellt. Er kann dazu jederzeit auf DIGITAL ANGELS zurückgreifen."

Nach einem letzten Blick auf die Teilnehmer beendete Michael die Besprechung.

„Na, wenn das man gut geht?", murmelte Ruprecht, als er allein mit Nikolaus im Briefing Room zurückblieb. „Ich hab da kein gutes Gefühl, wenn du mich fragen tust."

„Dich fragt aber keiner", antwortete ihm der Freund grinsend.

„Na, vorsichtig, Euer Heiligkeit, ja, irgendwer wird schon fragen, garantiert!"

*

Vier Stunden später klopfte ein Vorzimmerengel an die Bürotür des Erzengels Michael.

„Ja doch, herein", dröhnte die tiefe Stimme durch

die reich verzierte Tür.

„Der Chef ist heute gar nicht gut drauf", kommentierte der weibliche Engel, dessen wohlproportionierte Rundungen nicht zu übersehen waren. Sie drückte langsam den Türdrücker nieder, als befürchte sie anderenfalls eine wahrhaft gigantische Explosion. Das konnte bei ihrem Chef schon mal passieren, wie Ruprecht aus eigener Erfahrung wusste. Deswegen hatte er eine Probedose Wintergebäck seiner Frau Franziska mitgebracht. Immerhin war er genau eine Stunde und drei Minuten zu spät dran. Da bedurfte es einer kleinen Besänftigung des Erzengels.

Ruprecht drückte sich am zitternden Engel vorbei, strich ihr dabei wie zufällig sanft über den bezaubernden Rücken und trat ein.

„Du bist eine Stunde und dreieinhalb Minuten zu spät", stellte der hinter seinem glänzenden Mahagonischreibtisch sitzende Michael fest. Seine Hand strich über die polierte Schreibplatte des Geschenks von Petrus. „Was hast du dazu zu sagen, Ruprecht Semmelburger?"

Ruprecht zuckte im ersten Moment zusammen, doch dann erinnerte er sich an seine gute Erziehung und schwieg.

„Ich habe dich etwas gefragt!", fauchte ihn der Erzengel an. „Willst du mir die Antwort schuldig bleiben?"

„Ich bleib nix schuldig, Euer Gnaden", stellte Ruprecht beleidigt fest. „Eine Stunde und dreieinhalb Minuten nach irdischer Zeitrechnung. Was ist das schon? Ein Wimpernschlag in der Ewigkeit."

Er stellte die Probedose auf den Tisch, die sofort die Aufmerksamkeit des Erzengels auf sich zog.

„Das ist die erste Probe der Winterkekskollektion, Euer Gnaden, die meine Franziska persönlich hergestellt hat. Damit sie Einspielung ins irdische Netz veranlassen kann, bittet sie untertänigst um Verkostung und Freigabe der Rezepte."

„Deine Franziska ist eine sehr fleißige und

einfallsreiche Chefdesignerin der himmlischen Konfiserie. Ich bin froh, sie damals eingestellt zu haben." Michael öffnete die Dose und probierte sofort einen Keks. Seine Miene hellt sich umgehend auf. „Ich werde mein Urteil deiner Franziska persönlich überbringen. Warum bist du also zu spät?"

„Euer Gnaden können aber auch gar nichts vergessen", murmelte Ruprecht. „Ich hab ja schon in der Besprechung gesacht, dat is nich so einfach den Plan in drei Stün´n aufzustellen. Ich bin mir auch gar nich sicher, ob das überhaupt funktionieren tut."

Michael nahm den ausgearbeiteten Flugplan entgegen und versuchte, aus den Zahlen und Zeichen etwas herauszulesen. Es gelang ihm, wie von Ruprecht vorhergesehen und beabsichtigt, nicht.

„Sieht doch gut aus", bemerkte Michael trotzdem und nickte dabei bedächtig. „Ich denke, du hast gute Arbeit geleistet, Ruprecht Semmelburger. Ich werde es an höherer Stelle erwähnen."

„Danke", murmelte Ruprecht, „is aber nich nödig, Euer Gnaden."

„Hast du noch Bemerkungen zum Plan zu machen?"

„Es darf natürlich mit'm Wetter nix schief gehen, sonst sind wir im … ! Es darf keiner meiner Leute oder Rentiere ausfallen. Ergebnis ist mit dem des falschen Wetters gleichzusetzen. Ich hab keinen Ersatzmann und kein ein Ersatzgespann. Es wird verflixt eng!"

„Hilfe wird dir zuteilwerden", antwortete Michael und schaute ins Nirgendwo über sich. „Sei dessen versichert."

*

„Man, dat gift dat doch gar nich!", entfuhr es Ruprecht Semmelburger einige Stunden später. Er saß im Tower des Flugfeldes Nord und starrte wie gebannt auf den Wetter-PC. Die leuchtenden Farben, meist ein kräftiges Feuerrot, verhießen nichts Gutes für den Bereich der Flugbereitschaft

Nord. Über Nordeuropa tobte der nächste Sturm, glücklicherweise nicht in Orkanstärke. Dafür fiel aus den Wolkenbänken dichter Schnee, der in tieferen Luftschichten teilweise in Regen überging. Die damit verbundene Vereisung würde die Wetterblasen an die Grenzen der Leistungsfähigkeit bringen, sie wahrscheinlich jedoch hoffnungslos überlasten. Dabei waren funktionierende Wetterblasen bei so einem Wetter die einzige Chance für eine pünktliche Ausführung.

„Was gibt's denn?", fragte Nikolaus von Myra, der neben seinem Freund stand. „Ich sehe viele rote Flecken. Das dürfte nicht gut sein."

„Nee, dat ist nich gut, Nicki. Wie soll'n die Schlitten durch diese Sturmfronten über dem Atlantik heil durchkommen?"

„Sicher unbeabsichtigte Fehler des heiligen Petrus."

„Dass er das nicht mit Absicht gemacht hat, weiß ich auch, Euer Heiligkeit", brummte Ruprecht,

„aber dat hilft mir gar nix, weil die Schlitten sind schon auf'm Rückweg aus Zone 1. Rundrum is Schietwetter durch dat sie nun durch müssen. Kiek dir dat doch mal an hier. Rundrum nur Sturm- und Gewitterzellen. Ich sag dir was, Nicki, dat geht so was von inne Büchs, dat hast du noch nie nich gesehn."

„Nun sieh mal nicht gleich so schwarz, Ruprecht", meinte Nikolaus, der bemüht war, seinen Freund zu beruhigen. Man wusste ja nie, wer gerade mal zuhörte.

In diesem Moment schwang die Tür auf und die Erzengel Michael und Gabriel betraten die Flugleitung. Ihre Fellmäntel, deren Herkunft niemand kannte, trugen einen Überzug aus Schnee.

„Na, Ruprecht, wie geht es voran?", fragte Michael lächelnd und legte den langen Mantel ab. Hier im Tower war es nicht ganz die passende Kleidung. „Hast du bereits erfolgreiche Rückmeldungen?"

„Erfolgreiche Rückmeldungen? Ja, die hab ich schon", antwortete Ruprecht, dessen Tonfall seinen Unwillen nicht verschwieg. „Die Besatzungen haben bisher erfolgreich vermieden die Schlitten in irgendeinen Berg oder Wald zu rammen!"

„Ja, aber warum das denn?" Erst als die Worte gesprochen waren, realisierte Michael, was er tatsächlich gerade gesagt hatte. „Ich meine natürlich, was denn dazu führt, dass sie so in Gefahr sind."

„Dat Topwetter made by DIGITAL ANGELS."

Auf dem Monitor tauchte der erste Notruf auf. Ein Schlitten hatte in der Tundra niedergehen müssen, weil ein Teil der Deichsel gebrochen war.

„Da, nu geiht dat los." Ruprecht sprang so vehement auf, dass sein Bürostuhl gleich einem Torpedo durch den Raum sauste. Er wäre glatt die Treppe heruntergepoltert, wenn davor nicht der Erzengel Michael gestanden hätte. Der bekam die

Sitzfläche genau vor das heilige Schienbein geknallt. Seine Reaktion darauf war dagegen eines Erzengels nicht würdig. Mit Tränen in den Augen hopste er durch den Raum.

„Danke", sagte Ruprecht ungerührt und zog seinen Stuhl wieder heran. „Hätte schief gehen können."

„Wie sieht es über Nordamerika aus?", fragte Gabriel.

„Die sind doch noch gar nicht dran", antwortete Ruprecht, „dort sieht das Wetter momentan noch brauchbar aus. Hoffentlich hält es sich. Über dem Atlantik braut sich auch dort was zusammen!"

Bevor er weitere Ausführungen machen konnte, tauchte auf dem Monitor ein weiterer Notruf auf. Eine Schlittenbesatzung meldete, sie müsse in der Nähe von Archangelsk in einem Waldgebiet notlanden. Schäden am Schlitten und an den Geschirren zwangen sie dazu. Dann kam der Hinweis an Ruprecht, er solle alles an Teilen mitbringen, deren er habhaft werden könne.

„Das dürfte wohl etwas übertrieben sein",
bemerkte Michael, der den Rippenstoß von
Gabriel ignorierte.

„Übertrieben? Haben Euer Gnaden übertrieben
gesagt?" Ruprecht schoss erneut in die Höhe.

Sein Stuhl nahm wieder Kurs auf Michaels
Schienbein. Doch diesmal versuchte der Erzengel
den Stuhl mit der Hand abzufangen, bevor es zum
Einschlag kam. Das funktionierte allerdings nicht.
Die Lehne der sich drehenden Sitzfläche
erwischte den kleinen Finger des Erzengels sehr
unglücklich. Auch diesmal durfte die Umwelt an
seinen Schmerzen teilhaben.

„Dat hätte schief gehen können", bemerkte
Ruprecht und zog den Stuhl wieder heran. „Ich
brauch dich, Nikolaus, und einen der heiligen
Herren auch."

„Warum dies?", fragte Gabriel erstaunt und
ängstlich zugleich.

„Ich muss einiges instandsetzen", antwortete
Ruprecht gezwungen ruhig. „Wer weiß, was bei

der Landung alles zu Bruch geht? Alleine schaff ich es nicht, den Schlitten wieder flott zu machen."

„Nimm doch Techniker aus der Werkstatt mit", schlug Michael vor.

„Und wer wartet die anderen Schlitten bei der Rückkehr? Die Besatzungen brauchen eine Pause, Euer Gnaden. Also, wer von den Herren fliegt mit?"

Plötzlich herrschte im Raum absolute Stille. Gabriel und Michael schauten sich betreten an. Keiner wollte freiwillig bei diesem Wetter mit hinaus.

„Ich gehe mit", sagte Michael schließlich, „du wirst bei deiner Arbeit jedoch mit meinem Unwissen rechnen müssen."

„Tu ich sowieso", gab Ruprecht zurück und löste damit die nächsten strafenden Blicke aus. „Also, dann mal los", fuhr er unbeirrt fort. „Warme Sachen anziehen, die Handschuhe nicht vergessen. Nikolaus, du kümmerst dich um die wärmenden Getränke aus dem Hause van Buren. Wir starten in 15 Minuten."

Beim Hinausgehen wandte sich Ruprecht nochmal an Gabriel. „Übrigens, ich brauch doch ein paar Schlitten von der FB Süd. Es wird massenhaft Schäden an unseren geben. Kriegen Euer Gnaden das auf ´e Reihe?"

„Ich werde mich bemühen, Ruprecht, aber ich verspreche dir nichts."

„Wie auch, bei diesem Dreckswetter!" Ruprecht knallte die Tür hinter sich zu.

3.2 Russische Impressionen

Drei Stunden später befand sich der Rettungsschlitten mit der Besatzung Erzengel Michael, Nikolaus von Myra und Ruprecht Semmelburger im Tiefstflug über dem aufgewühlten Weißen Meer. Der Golfstrom hielt das Wasser selbst im tiefen Winter weitestgehend eisfrei. Das Gespann HUBERTUS, dem neben Hubertus die Rentiere Manfred und Engelbert angehörten, zählte zu den Topgespannen der FB Nord. Ruprecht setzte sie stets ein, wenn er zu kitzligen Missionen starten musste. Auf sie konnte er sich verlassen.

„Wir sind aber weit unten", rief Michael von hinten.

„Ach watt, dat sind … etwa 5 Meter über den Wellenkämmen, Euer Gnaden", antwortete Ruprecht nach einem kurzen Kontrollblick, „da is Platz genug nach unten. Es darf uns nur nix entgegenkommen."

Just in diesem Moment riss Hubertus den Schlitten steil nach oben. Wie aus dem Nichts war ein Schiff aufgetaucht. Noch vor Kontakt mit der empfindlichen Wetterblase, die bisher Schnee und Regen abhielt, jagte der Schlitten in die grauen Schneewolken. Beim anschließenden Herunterdrücken des Schlittens auf die bisherige Flughöhe trat der sogenannte Parabel-Effekt ein. Für Sekundenbruchteile gab es keine Schwerkraft. Die Insassen wurden aus den Sitzen gehoben. Ruprecht spürte das bekannte Gefühl. Es fühlte sich an, als würde der Magen die Speiseröhre hinauf wandern. Dann war es auch schon wieder vorüber. Aus dem Schlitten vernahm Ruprecht einen Aufschrei. Die Stimme gehörte nicht Nikolaus, denn der liebte dieses Manöver! Der sich anschließende Grunzlaut ließ Ruprecht nichts Gutes ahnen.

„Nicht auf meinen Mantel und nicht in den Schlitten, Euer Gnaden", ertönte auch schon Nikolaus Stimme. „Das geht doch nie wieder raus!"

Ob die nächste Steilkurve um den Leuchtturm von Murmansk herum die Situation verbesserte oder verschlechterte, konnte Ruprecht nicht einmal erahnen. Er hörte jedenfalls keine Geräusche mehr.

Von Murmansk aus ging es wieder hinaus aufs Meer nach Archangelsk, ihrem nächsten Orientierungspunkt.

Ruprecht lenkte den Schlitten in weitem Bogen

um die Stadt herum. Es war zwar dunkel, aber die bis an die Grenze belastete Wetterblase konnte versagen und dann wäre der Schlitten sichtbar.

„Wie lange noch?" fragte Nikolaus.

„Keine Ahnung. Ich muss den Schlitten erst suchen. Wir haben nur eine ungefähre Position."

„Beeil dich, Ruprecht!"

„Is was?"

„Tu mir den Gefallen und beeile dich bitte. Wir sollten sehen, dass wir runter kommen. Einige Schritte an frischer Luft wären für Seine Gnaden nicht schlecht."

Sekunden später sprach das neue elektronische Suchgerät an. Ruprecht folgte dem Signal und brachte den Schlitten schließlich in einer Waldschneise herunter.

Den Ankömmlingen bot sich ein furchtbarer Anblick. Der Schlitten lag zertrümmert am Waldrand. Es war nicht mehr erkennbar, dass es einst ein Schlitten der FB Nord gewesen war. Neben den traurigen Überresten standen die

Besatzung, eine jungen Technikerin und das Gespann. Alle froren im Schneetreiben erbärmlich.

„Was ist denn passiert?" wollte Michael wissen.

„Wir haben nur mal Pause gemacht", antwortete der Schlittenführer Winston Stützbach mit schiefem Grinsen im verfrorenen Gesicht.

„Bitte?" Das Erstaunen ob der Antwort stand Michael ins Gesicht geschrieben.

„Nee, Euer Gnaden", ruderte Winston zurück, „wir sind den dicksten Stürmen schon ausgewichen. Darum sind wir auch so weit im Norden. Der Weg hier sah vielversprechend aus. War aber nicht so. Die Wetterblase war durch den verflixten Schneesturm völlig überlastet. Sie brach zusammen und wir konnten den Schlitten nicht mehr stabilisieren. Zum Glück haben unsere Rentiere die Nerven behalten, als das Lenkgeschirr riss. Sie haben uns sicher an den Boden gebracht. Leider war uns dann noch eine Bodenwelle im Weg. Das gab schließlich den

Bruch."

„Das Reparieren können wir uns sparen", knurrte Ruprecht, nachdem er von der kurzen Inspektion des Wracks zurückgekehrt war. „Schlitten samt Deichsel sind Schrott. Wir lassen sie einfach liegen. Aber die Elektronik muss ausgebaut werden, Leute."

„Wir müssen aber noch zum Zielort 3", erklärte die Technikerin, als sie mit Ruprecht und Winston die Geräte aus dem Wrack zum Rettungs-schlitten#2 gebracht hatte.

„Und das ist?", fragte Nikolaus, der für den wohl gerundeten Engel bereits ein warmes Plätzchen neben sich freigemacht hatte.

„Moskau", sagte Winston, „wir müssen ans System der öffentlichen Verkehrsmittel heran. Myrna brauchte in Tomsk bei dieser Serverfarm für Sibirien länger als geplant."

„Tut mir wirklich leid, Euer Gnaden," murmelte die DA-Technikerin an Michael gewandt, „es war komplizierter als angenommen. Die haben ein neues Sicherheitsprotokoll eingebaut. Es ist übrigens weder mit den Richtlinien der ADE noch mit AIDS übereinstimmend."

„Hast du es geknackt?"

„Ja, euer Gnaden, aber es dauerte eben länger als erwartet. Jetzt ist das neue AIDS-Programm eingespielt. DA kann es starten."

Diese Aussage beruhigte Michael sichtlich. Seine grüne Gesichtsfarbe wich zunehmend einer sehr vornehmen Blässe.

„Dann also auf nach Moskau", brummte Ruprecht und stieg auf den Bock, nachdem er mit Winston das ausgebaute Schlittenequipment verstaut hatte. Sie instruierten Winstons Gespann dicht am Schlitten zu bleiben, damit die Wetterblase auch sie schützen konnte.

„Und die anderen dürfen es sich hinten kuschelig machen", verkündete Ruprecht anschließend und ergriff die Zügel.

„Oh, Glühwein", vernahm er die Stimme der Technikerin, als er den Schlitten zum Start drehte.

„Der riecht aber besonders lecker, Euer Heiligkeit."

„Spezialrezept", sagte Nikolaus im verschwörerischen Ton, „mein Kellermeister bereitet ihn extra für mich zu. Magst du noch etwas?"

Ruprecht wandte sich grinsend Hubertus zu. Mit einem Kopfnicken gab er dem Gespann den Start frei.

*

Moskau im Winter war schon etwas Besonderes. Von oben wirkte die Stadt wie aus einem Märchenbuch gezaubert. Die Dächer waren mit dicken Schneehauben bedeckt. Insbesondere die verschneiten Zwiebeldächer der wenigen Kirchen ließen in den himmlischen Geschöpfen romantische Gefühle aufkommen. War man erst gelandet, relativierte sich das Bild allerdings. Moskau war eine Großstadt wie jede andere, in der der Schnee an den Straßenrändern schmutzig grau gefärbt war. Jetzt, mitten in der Nacht, waren nur noch wenige Menschen unterwegs.

Nikolaus, der Technikengel Myrna Detroid und Ruprecht drangen für die Menschen und ihre technischen Überwachungssysteme unsichtbar in die zentrale EDV – Überwachungsstelle ein. Myrna hatte ihnen auf dem Weg vom Landeplatz erklärt, dass hier die Systeme Russlands von besonderen Servern überwacht wurden. Der ehemalige KGB hatte einst diese Einrichtung erschaffen, damit stets alles unter Kontrolle des allgegenwärtigen Geheimdienstes blieb. Von hier aus konnten sie in alle Systeme des riesigen Landes unbemerkt eindringen. Jeder im Land ans Inlandsnetz angeschlossener Computer wurde überwacht. Kein Wunder, dass der Dienst bestens über alles informiert war.

Myrna hatte die Pläne studiert und führte sie ohne Verzögerung in die Zentrale in der Lubjanka. Allerdings waren hier mehrere Leute anwesend. Doch dieses kleine Problem löste Myrna im Handumdrehen. Ein plötzlicher, unwiderstehlicher Drang die sanitären Anlagen aufzusuchen machte sich breit. Die Nachtschichtler verschwanden gemeinsam in Richtung Toiletten.

„Das hält sie uns einige Zeit vom Hals", kommentierte sie das Verschwinden, „denn leider ist der Raumzeit-Generator noch nicht ausgereift. Ich muss die Laufzeit genau einteilen, damit wir die Einspielung schaffen. Daher dieser kleine Trick."

Myrna machte sich mit Hilfe von Nikolaus und Ruprecht an die Arbeit. Sie spielte die neuen Programme ein und bereitete durch ein kleines Routineprogramm den Start der Rettungssoftware vor.

Kaum hatte sie ihr Equipment eingepackt, da kam ein Offizier des Geheimdienstes herein. Er stieß die Tür so weit auf, dass sie Myrna am Hinterteil traf. Erbost über die Frivolität gab sie ihm eine schallende Ohrfeige. Seine Wange färbte sich knallrot. Erschrocken drehte sich der Mann um, blickte sich suchend um und rannte hinaus. Dabei schrie er: „Eindringlingsalarm!"

„Blödmann", schnaufte Ruprecht und schaltete den Krach mit einem gut gezielten Wurf eines Kaffeebechers ab. Leider befand sich etwas Flüssigkeit im Becher, die auch auf Nikolaus´ Mantel Spuren hinterließ. Der Duft, den sie verströmte, war allerdings eher mit der Bezeichnung WODKA in Verbindung zu bringen.

„Saufköppe", kommentierte Ruprecht das Aroma.

„Da hast du vollkommen recht, Ruprecht", setzte Nikolaus zu einer seiner gefürchteten Erzählungen an, „ich erinnere mich insbesondere an unseren Auftrag als wir im Erdenjahr 1968 in Prag die Weihnachtsgeschenke ausliefern mussten, weil Claus von Clausenthal diese scheußliche Infektion hatte."

„Erzähl das Myrna im Schlitten bei einem Glühwein", fauchte Ruprecht ihn an, während sie auf den Ausgang zuliefen. „Wir müssen hier heil rauskommen, Nicki. Wir sind in Russland, vergiss dat nicht."

„Ehm ja, ich glaube, wir sollten dir folgen. Haben wir noch Zeit für eine kleine technische Pause in einer Toilette?"

„Sag mal, du bist ja wohl mall", antwortete Ruprecht. Leider wandte er sich dabei seinen Begleitern zu und rannte glatt in ein Gruppe reiferer Damen, die gerade das Gebäude betraten. Genauso unterschiedlich wie ihre Hautfarben waren auch ihre Sprachen. Nett klang das aber alles nicht, zumal Ruprechts Arm bei einer dunkelhäutigen Schönheit in die Kleidung geraten war. Ruprecht bemühte sich so schnell wie möglich aus dieser peinlichen Situation zu befreien, aber es dauerte halt. Von dem, was er bei dieser hastigen Befreiungsaktion alles ans Licht brachte, reden wir lieber nicht. Später behaupteten einige Neider, er habe extra zugegriffen. Aber angesichts der schlagkräftigen Argumente seiner Frau Franziska, ist davon nicht auszugehen.

Diese kleine Störung kostete die Truppe nur wenige Minuten, zumal Myrna auch hier wieder dezent nachhalf.

„Sach mal, dich möchte ich nicht zum Gegner haben", meinte Ruprecht hinter der nächsten Hausecke, „dat ward mi to düer!"

„Was?"

„Teuer, Mädchen, viel zu teuer. Die Wasserrechnung und dat Clopapier!"

Myrna lachte laut auf. Leider konzentrierte sie sich dabei nicht so richtig, denn der Polizist, der sich ihnen in den Weg stellen wollte, schaute plötzlich verschämt an sich herunter.

Erregt, erhitzt und derangiert traf die Gruppe einige Zeit später beim Schlitten ein. Winston hatte inzwischen die Verbindung zur Zentrale gehalten. Er konnte die ausgelassene Stimmung der Drei anfangs nicht verstehen, zumal seine Nachrichten anderer Art waren.

„Wir müssen hier noch den Fernverkehr und das interne Geheimdienstnetz mitmachen. Die sind von allen anderen Systemen komplett abgekoppelt. Der gesamte Fernverkehr Russlands wird vom Inlandsgeheimdienst von Moskau aus gesteuert."

„Tja, denn man los", forderte Ruprecht seine Begleiter auf.

„Die Erledigung der Aufgabe muss diesmal ja besonders amüsant gewesen sein", meinte Michael, nachdem sie zum Flug zum südlichen Stadtrand abgehoben hatte.

„Kommt auf den Standpunkt an", meinte Nikolaus verschmitzt grinsend. „Also die Wasserwerke Moskau werden über den gestiegenen Umsatz sehr erfreut sein."

„Das verstehe ist nicht. Bitte präziser!"

„Pass op, wat du sag´s", warnte Ruprecht.

„Also, es muss heute in der Stadt irgendein harntreibendes Mittel ins Wasser geraten sein", sagte Nikolaus nach kurzem Nachdenken. „Das wäre der eine Teil. Der andere hat etwas mit der sehr schlechten Qualität russischer Kleidernähte zu tun."

„Letzteres ist doch bekannt", stellte Michael fest. „Petrus war vor Jahrzehnten einmal in der Verlegenheit schnell einen neuen Wintermantel zu benötigen. Er hat ihn hier in Moskau gekauft. Seine Frau war jahrelang damit beschäftigt die schlechte Verarbeitung zu korrigieren."

Diesmal hakte niemand nach, wenn man in diesem speziellen Zusammenhang dieses Wort benutzen darf.

Zwei Stunden später befanden sich unsere drei „Retter in der Not" im EDV-Zentrum der russischen Inlandsgeheimdienste. Myrna brach, nachdem sie die Probleme mit den Sicherheits-protokollen überwunden hatte, in den Haupt-server ein und legte die Korrektursoftware nach AIDS Standard in einem versteckten Speicher-platz ab.

„Das war es, Jungs, fertig", sagte sie erleichtert.

„Dann lasst uns verschwinden", meinte Ruprecht.

„Ich bin auch schon recht schaffend müde und

wir haben noch einen langen Flug vor uns."

„Aber heute nicht mehr!" Drei schwer bewaffnete Wachmänner des Geheimdienstes traten in den Raum. Sie zielten auf die drei Freunde als seien sie Verbrecher. Die Situation deutete auch auf etwas Unrechtes hin, wie Ruprecht im Stillen zugab.

„Passt mal ob, Jungs, dat is nicht so wie das aussieht. Wir sind Abgesandte von einer befreundeten Gesellschaft, die verhindern will, dat hier demnächst gar nix mehr geht." Während er sprach, war er auf die drei Soldaten zugegangen. Es passierte natürlich, was passieren musste. Die Soldaten drückten ab und vergaßen loszulassen. Ruprecht blieb während des Beschusses ruhig stehen.

„Eh, Leute, guckt mal her! Ich steh immer noch. Nur die Wand hinter mir ist nicht mehr das, was sie mal war. Das ist aber euer Problem, Freunde. Ihr hört jetzt mit dem Geballere auf, sonst tut sich noch einer weh."

Myrna gab Ruprecht ein Zeichen. Kurz darauf liefen die drei Soldaten, gefolgt von einigen anderen in Richtung Toiletten davon.

„Ich sach doch, dat is eine Win-Win-Situation", kommentierte Ruprecht den Run. „Aber irgendwie brauch ich neue Kleidung. Hat da jemand was auf Lager?"

Myrna trat an ihn heran und fuhr nur ganz sachte über den durchlöcherten Stoff. Unter ihren zarten Händen schlossen sich die Löcher umgehend. Viel zu schnell wie Ruprecht innerlich feststellte. Als er sich umdrehte bemerkte er erstaunt, dass Nikolaus offenbar ganz anderer Meinung war.

*

Kurz vor Morgengrauen traf auch der letzte Schlitten wieder auf dem Flugfeld de FB Nord ein. Man sah den Besatzungen und den Technikern die lange Nacht an, die sie gerade überstanden hatten. Erzengel Michael, inzwischen in neuem Outfit, wollte noch eine kurze Ansprache halten, aber Ruprecht nahm sich die Freiheit, ihn um eine Verschiebung zu bitten.

„Die Leute sind fertig, Euer Gnaden. Sehen Sie sich die Jungs und Mädels an. Alles was die brauchen, ist ein Bett zum Schlafen."

„Ich dachte, ein paar wärmende Worte wären jetzt angebracht."

„Nee, jetzt wirklich nich. Warme Worte kriegen sie wo anners, Euer Gnaden."

Myrna schlurfte an ihnen vorbei. Ruprecht hielt sie kurz am Arm zurück. Müde Augen schauten ihn fragend an.

„Deern, du bist verdammich gut da draußen gewesen. Ohne dich, hätten wir das nich schaffen können." Er zog sie an sich und drückte sie. „Heute Abend gehörst du zu meiner Besatzung."

„Gerne, danke." Myrna strebte nach draußen, wo das Shuttle bereits wartete.

„Was war das denn?" Die Frage drang in einem kämpferisch, schnippischen Ton an Ruprechts Ohr. „Was hat die Kleine so tolles gemacht?"

„Myrna Detroid, meine liebe Franziska von

Bergheim, ist der Name", schaltete sich sofort Michael ein. „Sie hat mit Nikolaus und deinem Mann eine eigentlich gescheiterte Mission übernommen und erfolgreich durchgeführt. Es sah nicht nach einem Spaziergang aus."

„Ach, Sie waren dabei?", fragte sie in ungläubigem Ton.

„Das war ich!", donnerte Michael sie an. Jetzt war er wieder in seinem Element. Er saß nicht mehr im wackligen Schlitten, eingezwängt zwischen den anderen. Allerdings, zwischen Myrna und der Seitenlehne saß er gern gezwängt, gab er innerlich zu.

„Entschuldigung, Euer Gnaden, ich war nur so besorgt um Ruprecht und Nikolaus, weil sie so lange nicht gekommen sind." Sie konnte sich ihren österreichischen Dialekt nicht verkneifen. „I konnt doch net wissen, dass er mit Euer Gnaden unterwegs war."

„War er aber und heute Abend fliegen wir wieder zusammen."

Der Erzengel schenkte ihr ein gequältes Lächeln und drückte sich hinaus.

„War es so schlimm?", fragte Franziska besorgt während sie mit Ruprecht heim fuhr.

„Na ja, einfach war das nicht", untertrieb er und genoss die Umarmung seiner Franziska. „Wir waren in Nordrussland, wo ein Schlitten Bruch gemacht hat. Danach mussten wir nach Moskau."

„Moskau? Ja, aber es ist doch kein Weihnachten mehr."

„Nee, aber auf der Erde drohen Computersysteme zu kollabieren. Dann bricht das Leben der Menschen zusammen." Ruprecht kuschelte sich in den Arm seiner Frau und schloss die Augen. „Das muss verhindert werden."

Weiter kam er nicht, denn die Wärme im Shuttle, die angenehm weiche Schulter seiner Frau und ihr dezentes Parfum ließen Ruprecht einschlafen. Er merkte nicht, dass sie an ihrem Haus ankamen. Er bekam auch nicht mit, dass Franziska ihn mit Hilfe des sie begleitenden Erzengels Gabriel ins eheliche Bett bugsierte. Von anderen Dingen im Hause kriegte er auch nichts mit. Das war auch gut so, denn Franziska gab Gabriel intensive Nachhilfe im Zubereiten von Apfelstrudel. Gabriels Frau liebte diese Speise aus seiner Heimat. Sie brachte es jedoch nicht fertig, selbst einen herzustellen.

Stunden später erwachte Ruprecht aus erholsamem Schlaf. Nach einem Blick auf die Uhr stand er auf und strebte ins Bad. Dabei nahm er bereits auf den ersten Metern Witterung auf. Apfelstrudel! War diese göttliche Speise noch im Ofen oder bereits auf dem Tisch?

Ruprecht beeilte sich und lief dann die Treppe herunter. Die Nase hoch erhoben betrat er die Küche. Wenn er etwas nicht widerstehen konnte, dann war das warmer Apfelstrudel. Franziska saß am Küchentisch und strahlte ihn glücklich an.

„Da bist du ja. Etwas Apfelstrudel?"

„Klar", sagte Ruprecht und ließ sich am Tisch nieder. „Womit hab ich Apfelstrudel verdient?"

„Gar nicht. Ich hab Gabriel gezeigt, wie man ihn zubereitet. Er ist doch Wiener und liebt den Strudel so wie du."

„Ich bin kein Wiener, nie nich!"

Franziska winkte nur ab und schob ihm einen Teller zu. Dabei schaute sie auf die Küchenuhr. Es war schon nach 12 Uhr. Ruprecht musste demnächst los. Doch ehe sie etwas sagen konnte, wurde heftig an die Haustür geklopft.

Franziska lief hin und ließ Erzengel Michael eintreten, dessen Mantel voller Schnee war. Er legte ab und schlüpfte unter dem wohlwollenden Blick von Franziska aus den Stiefeln, bevor er in die Küche ging. Sein Gesichtsausdruck verhieß nichts Gutes.

„Ruprecht, wir haben ein Problem", stieß er den berühmten Satz hervor, nachdem er am Tisch Platz genommen hatte. „Ich brauch dich dringend."

„Nun essens doch wenigstens erstmal etwas, Euer Gnaden", sagte Franziska im breiten Wiener

Dialekt. „I hob den frisch gemacht. Als hätt i geahnt, dass Euer Gnaden vorbeischaun."

„Danke", murmelte Michael und bediente sich. Sofort besserte sich seine Laune. Die tiefen Falten auf der Stirn glätteten sich und ein Lächeln erschien auf seinen Lippen. „Immer wieder ein Genuss."

„Dank schee."

„Und wat is nun passiert, dass Sie mich brauchen?", fragte Ruprecht, während er Michael einen Becher Kaffee ungefragt hinstellte.

„Es ist unglaublich, was ich erfahren habe", begann Michael nach dem ersten Schluck. „Wir haben massive Probleme mit dem Klerus in Rom."

„Ach nee, mal ganz was Neues", kommentierte Ruprecht, dessen Sarkasmus nicht zu überhören war. „Was ist es denn diesmal?"

„Der Vatikan ist bekanntlich ins digitale Zeitalter eingetreten. Es hat etwas gedauert, ja, aber seit gut zwei Jahren ist die katholische Kirche vernetzt. Wir haben uns entschlossen hinsichtlich des anstehenden Computerproblems im Vatikan offen aufzutreten."

„Erster Fehler", knurrte Ruprecht.

„Es wurde Antonius von Merloht nach Rom geschickt", fuhr Michael ungerührt fort. „Zusammen mit dem Techniker von DA, einem gewissen Dottore Pietro Graf von Cinzianio, hatte Antonius eine Audienz beim Papst. Der war allerdings schon auf Weihnachtsurlaub in Polen."

„Wo denn auch sonst."

„Ein Kardinal Marzarine empfing die beiden. Dieser zweifelte rundweg das Begleitschreiben an. Er zerriss es sogar, nannte die beiden Gesandten Schwindler und ließ sie in den geheimen Kerker im Vatikan sperren. Da sitzen sie immer noch ohne Aussicht auf Freilassung."

„War nicht anders zu erwarten."

„Er hat schlichtweg behauptet, das klerikale Netzwerk sei absolut sicher und niemand dürfe sich daran zu schaffen machen. Schwere Strafen bis hin zur Exkommunizierung wurden angedroht."

„Ach nee, woher kennen wir das bloß?"

„Die Software ist natürlich nicht eingespielt worden. Dieser Kardinal behauptete, es handle sich um Virensoftware, die das Netzwerk zerstören soll! Wenn die Einspielung nicht erfolgt, bricht die digitale Welt der Kirche zum Jahreswechsel zusammen."

„Was ist daran so schlimm?" Ruprecht füllte erneut seine Tasse am Vollautomaten. „Auch noch ein Käffchen, Euer Gnaden?"

„Danke, gerne." Michael reichte ihm seinen Becher. „Ruprecht, du solltest deine Abneigung längst überwunden haben."

„Überwunden? Grundlos von der Inquisition gefoltert zu werden und den Scheiterhaufen kann man nicht überwinden, Euer Gnaden. Zum Glück haben Sie und Nikolaus mich schnell da raus geholt, auch wenn ich dabei gestorben bin."

„Das ist nun aber schon über 600 Jahre her."

„Stimmt. Sauer bin ich trotzdem noch. Man, war dat heiß!"

„Zurück zum Problem, Ruprecht", mahnte Michael, „wir müssen jetzt doch heimlich hin und die Programme einspielen. Ich dachte an Myrna Detroid als Technikerin, Nikolaus und dich als Schlittenbesatzung. Ich werde mich um unsere eingesperrten Abgesandten und den Kardinal Marzarine kümmern."

„Natürlich bin ich dabei."

„Das hab ich gehofft." Michael atmete erleichtert auf.

3.3 Römische Verwicklungen

Rom am 30. Dezember 1999, eine Stadt im Regen. Ruprecht lenkte den von Hubertus, Engelbert und Manfred gezogenen Schlitten in einer weiten Kurve um die ewige Stadt herum. Unter sich erkannten sie nasse Dächer und fast leere Straßen. Nur auf dem Petersplatz im Vatikan harrten einige Unerschrockene aus, um einen

Blick auf ... ja, auf wen warteten die eigentlich? Der Papst weilte in Polen auf Weihnachtsurlaub und wen wollten sie sonst sehen?

Ruprecht schüttelte angesichts der nicht wenigen Menschen vor dem Petersdom den Kopf. Er murmelte etwas Unverständliches und brachte den Schlitten am Rande des Platzes auf einer Rasenfläche herunter.

Nikolaus von Myra, der als Navigator und Co – Pilot des Schlittens fungierte, stellte die Geräte auf den Status „Gelandet und Verborgen" ein. Myrna ging ihm dabei zur Hand. Die beiden verstanden sich anscheinend sehr gut, was Ruprecht zu einem Stirnrunzeln veranlasste.

„Ich werde mich zu Kardinal Marzarine begeben", verkündete Erzengel Michael. „Ihr kümmert euch um die Software."

„So ist der Plan", brummte Ruprecht, „Euer Gnaden, ich hab kein gutes Gefühl. Mi juckt de Nees und dat is kein gutes Zeichen."

„Du und deine Nase", antwortete Michael

lächelnd.

„Leider hat er meist recht, Euer Gnaden", schaltete sich Nikolaus ein. „Myrna, gib seiner Gnaden den zweiten Generator mit. Besser man nähert sich unsichtbar dem Ziel."

Myrna reichte Michael eine kleine Umhängetasche und erklärte ihm die Bedienung ausführlich. Den Notrufschalter vergaß sie nicht zu erwähnen.

„Ich bin der Erzengel Michael", meinte er als er die Tasche umhängte. „Hier weiß man, wer ich bin."

„Die kennen Ihren Namen, Euer Gnaden", bemerkte Ruprecht, „sie halten Sie bestimmt auch für einen Spinner und buchten Sie ein. Es kann nicht sein, was nicht sein darf!"

„Das soll der Kardinal mal versuchen", donnerte Michael, „dann wird er sehen, was er davon hat. Aber ich denke, du bist zu pessimistisch."

„Eher Realist. Aber Sie haben ja den Notrufknopf. Wir kommen dann vorbei, damit vom Vatikan für die Nachwelt etwas erhalten bleibt!"

Michael verdrehte die Augen und verabschiedete sich schnell. Ruprecht schaute dem Erzengel nach, bis er die Treppen zum Petersdom erklomm.

„Also los, Leute, wir haben nicht viel Zeit", murmelte er, „je eher wir fertig sind, desto mehr Zeit haben wir Seine Gnaden zu unterstützen."

„Meinst du, er schafft es nicht alleine?", fragte Myrna.

„Doch, aber die Kollateralschäden werden erheblich sein, wenn er alleine loslegt. Frag seine Heiligkeit mal nach dem Theater in Pompeji."

Sie riss ihre schönen blauen Augen weit auf. „Das war der Erzengel?"

„Er hatte eine kleine Auseinandersetzung mit dem örtlichen Kleriker hinsichtlich seines himmlischen Auftrags", sagte Nikolaus. „Das Ergebnis kennst du."

Myrna nickte und wandte sich ihrem Rucksack

zu. Sie kontrollierte nochmal ihre Ausrüstung. Als sie die Energieanzeige des Generators betrachtete, verdüsterte sich ihr Blick.

„Wir müssen uns tatsächlich beeilen. Wenn alle drei Generatoren betrieben werden, ist die Energiereserve schnell aufgebraucht."

„Was hast du an Sonderausstattung erhalten?", fragte Nikolaus unvermittelt.

„Ich kann uns natürlich passende Kleidung besorgen."

„Tu das, dann können wir etwas Energie sparen, die uns im Notfall helfen kann."

Nikolaus stand augenblicklich im Bischofsornat da. Sein Bart war sauber gestutzt und die buschigen Brauen ausgedünnt. Er strich über die Robe und meinte, die Kleidung müsse dringend gelüftet werden.

Ruprecht fand sich als einfacher Priester mit festem Kragen wieder. Wehmütig dachte er an seine bisherige Kleidung, in der er sich viel wohler gefühlt hatte. Mit dem Zeigefinger versuchte er vergeblich, den Kragen zu weiten.

Myrna blieb auch als Nonne eine äußerst attraktive Vertreterin des weiblichen Geschlechts. Nikolaus konnte einen sehr tiefen Seufzer nicht verhindern. Das brachte ihm von Myrna ein glückliches Lächeln ein. Ruprecht dagegen zog erneut die Stirn in Falten.

„Außerdem hab ich einen Adapter aus dem Versuchslabor mitgenommen, mit dem wir die tragbaren Generatoren aus dem öffentliche Stromnetz aufladen können", erklärte Myrna lächelnd. „Er erweitert die Laufzeit erheblich."

„Die Dinger sind hoffentlich auch zuverlässig", sagte Ruprecht, dem die Zweifel ins Gesicht geschrieben waren. „Wir müssen uns darauf verlassen können, wenn es eng werden tut. Und dat ward eng werden, Leute."

„Du musst nicht immer so schwarz sehen", erwiderte Myrna, wobei sie seinen Oberarm mit dem Handrücken streichelte. „Wir schaffen das!"

Die Geste entlockte Nikolaus einen

ausgesprochen mürrischen Ausdruck. Ruprecht bemerkte den Stimmungswandel sofort. Er konnte ein Kopfschütteln nicht vermeiden. Obwohl anders gemeint, hellte sich Nikolaus Miene umgehend auf.

„Junge, Junge", murmelte Ruprecht ganz leise vor sich hin.

„Sagtest du etwas, Ruprecht?", fragte Myrna, die von allem nichts mitbekommen hatte.

„Ich? Nie nich, Deern." Grinsend strich Ruprecht seinen Priesterrock glatt.

„Dann lasst uns gehen." Myrna nahm ihre Tasche auf. „Wir müssen zum Verwaltungsgebäude. Wir sollten den Nebeneingang nehmen."

So getarnt konnten sie die Wetterblase um den Schlitten herum, die gleichzeitig zu Raumzeitverschiebung diente, verlassen. Nikolaus ging würdevoll voraus. Seine Erscheinung sorgte für Platz. Die Leute traten beiseite und murmelten irgendwas unverständliches, manche sanken sogar auf ein

Knie. Myrna und Ruprecht im Kielwasser strebte er dem Verwaltungsgebäudes des Vatikans zu. Am Seiteneingang hielt ein Mitglied der Schweizer Garde Wache.

„Wo wollen Sie hin?", fragte der Gardist gerade heraus.

Nikolaus trat vor den Gardisten. „Ich bin Bischof Nikolaus von Myra, mein Sohn, und ich habe in der Verwaltung zu tun. Die Nonne und der Priester gehören zu mir."

„Bischof wer? Haben Sie eine Legitimation?"

„Bischof Nikolaus von Myra!"

„Tut mir leid, aber ohne Legitimation darf ich Sie nicht einlassen."

„Wer hat´s erfunden?", murmelte Nikolaus in perfektem Schwyzer Dütsch und hob dabei seinen Bischofsstab.

„Die Garde", murmelte der Gardist verlegen stotternd und ließ sie passieren.

„Gib´s zu, du hast ihn verdunkelt", zischte Ruprecht, als sie sich im Eingangsflur befanden.

„Der Junge ist völlig weggetreten."

„Soll er doch auch, sonst wären wir nicht hier drinnen." Nikolaus wandte sich an Myrna. „Jetzt bist du dran. Wohin?"

„Erst mal in den Keller. Da ist der große Serverraum."

Sie schaltete den Generator ein. Dann liefen sie die Marmorstufen des Treppenhauses hinunter. Die Wandverkleidung aus Marmor endete mit der letzten Stufe. Schlichte Funktionalität trat an die Stelle des Glanzes. Ein grauer Teppichboden, weiße Wände und Bürotüren beherrschten das Bild. Beleuchtet wurde das von nackten Leuchtstoffröhren Marke „Baumarkt". Myrna führte sie durch mehrere Gänge, bis sie in einen großen Raum kamen, der mit Servern gefüllt war. Eine Klimaanlage sorgte für die richtige Temperatur und Luftfeuchtigkeit. An den Konsolen arbeiteten mehrere Priester.

„Die müssen raus", murmelte Myrna, „soll ich wieder?"

„Ich mach schon", antwortete Nikolaus und hob seinen Stab.

Doch die Männer stürzten nicht aus dem Raum, wie Ruprecht erwartete hatte. Sie erhoben sich würdevoll, falteten die Hände zum Gebet und verließen nacheinander den Raum.

„Was war dat denn?", fragte Ruprecht erschrocken.

„Nennt sich BETSTUNDE IN DER SIXTINISCHEN KAPELLE", grinste Nikolaus, „Spezialität des Hauses. Die sind wir erstmal los."

„Egal", sagte Myrna und machte sich an die Arbeit.

Über eine halbe Stunde benötigte sie, um die Programme in die Server zu überspielen. Dabei fluchte sie öfters ziemlich deftig. Schließlich lehnte sie sich in ihrem Stuhl zurück.

„Uff, fertig, aber es gibt Probleme", schnaufte sie.

„Irgendwer hat Kontrollprogramme versteckt installiert. Diese Programme entsprechen weder

AIDS noch der Zulassung für die ADE. Die haben bessere Sicherheitsprotokolle installiert als die Russen in Tomsk. Ich hab es aber hingekriegt. Das Kontrollprogramm wird übrigens von einem geheimen Serverraum unter dem Spezialarchiv gesteuert. Die Programmierung ist wie unsere strukturiert, aber komplizierter aufgebaut. Irgendwie kommt mir das komisch vor."

„Meinst du, da hat wer dran rumgemacht?", fragte Ruprecht.

„Wie meinst du das?"

„Im Klartext: Kann es sein, dass dieses Programm von unserer Überwachungstruppe stammt? Haben Uriel und der vermaledeite Kardinal Kuschelieu den Vatikan unter ihrer Fuchtel?"

„Von der Struktur her könntest du recht haben, Ruprecht. Diese versteckten Kontrollprogramme greifen auf sämtliche hier abgelegte Dateien und Programme zu. Was machen wir?"

„Wir machen unseren Job, wie Michael es

angeordnet hat", entschied Nikolaus, „und dann machen wir, dass wir zu diesem anderen Server kommen."

Myrna packte ihre Sachen zusammen und lief zur Tür. „Kommt, ich höre Schritte auf dem Gang. Ich hab den Generator eingeschaltet."

Die Tür wurde aufgerissen und drei Männer in grauen Anzügen traten mit gezogenen Waffen ein. Sie schauten sich mit vorgestreckten Pistolen um. Dann entspannten sie sich.

„Ich bin sicher, hier eben noch Stimmen gehört zu haben", sagte der Jüngste von ihnen, mit der Idealfigur eines blonden nordischen Kleiderschranks. Sein Dialekt wies ihn allerdings als Schweizer aus.

„Hier ist aber niemand", antwortete der Älteste und sah sich sorgfältig um.

„Das ist ja das Problem", beharrte der Blonde. „Überlegt mal. Der Gardist am Eingang ist vollkommen verwirrt und im Serverraum ist niemand. Hier haben vier Priester Schicht, aber niemand ist da. Hier geht etwas nicht mit rechten Dingen zu. Wir sollten Alarm geben!"

Bevor die Männer sich umdrehen konnten, knallte Ruprecht die Tür von außen zu und schloss ab.

„So, die tagen jetzt in Klausur", murmelte er grinsend.

„Verbindung nach draußen haben sie auch nicht", ergänzte Myrna. „Ich hab die interne Kommunikation abgeschaltet und um den Raum eine Funksperre aufgebaut. War ein Klacks."

„Und ich hab denen ein paar Räucherstäbchen vom Typ WIR GEHEN GAR NICHT AUS auf die Konsolen gelegt. Ist eine Spezialmischung mit etwas mehr Schlafmittel", meinte Nikolaus grinsend, „wer schläft, sündigt nicht."

„Wenn du meinst!" Ruprecht schielte auf den Gang hinaus und winkte seinen Gefährten ihm zu folgen.

*

Den Weg zum zweiten Serverraum legten die drei Freunde nicht ohne Hindernisse zurück. Auf den

Gängen zum Spezialarchiv begegneten ihnen einige Priester. Obwohl der Generator frisch geladen war, schickte Nikolaus sie zur Betstunde. Das Archiv erwies sich als mehrstöckiger Gebäudeteil, der nach Ruprechts Meinung in den Boden hinein erweitert worden war. Hier musste eine riesige Menge Schriftstücke aufbewahrt werden, die nur für die Berechtigten des Vatikans zugänglich waren. Verwirrend war für ihn die Anwesenheit von Personen, die nicht im Priestergewand gekleidet waren.

„Du hast recht, Ruprecht", murmelte Nikolaus, der die Gedanken des Freundes erraten haben musste. „Hier befinden sich streng geheime Akten aus Jahrhunderten. Ihre Existenz wird von den zuständigen Stellen teilweise sogar abgestritten. Zutritt haben nur ausgesuchtes Personal und besonders zugelassene Besucher. Der Ausbau erfolgte jeweils in den Fels hinein. Schweizer Tunnelbauer haben ein System dafür vor Jahrhunderten erfunden und weiterentwickelt. Ich vermute, dieser spezielle Serverraum ist der neueste Ausbau."

„Was machen wir?", fragte Ruprecht seinen Freund. „Werden Euer Heiligkeit die Kapelle weiter füllen oder schleichen wir uns durch?"

Nikolaus warf einen Blick auf die Anwesenden und entschied sich für durchschleichen. Sie durchquerten die Stockwerke ohne bemerkt zu werden. Schwieriger wurde es, als sie in das unterste Geschoss erreichten. Vor der Servertür standen zwei Sicherheitsleute in auffallend unauffälligen Anzügen. Sie starrten ziemlich verbissen drein.

„Die kann ich nicht in die Kapelle schicken", meinte Nikolaus verdrossen, „die fallen zu sehr auf."

„Was halten die Herren von Harndrang?", fragte Myrna grinsend. „Die Toiletten sind ein Stück weg."

Eine Erschütterung begleitet von unheimlichem Donnergrollen machte weitere Überlegungen überflüssig.

„Ein Anschlag", schrie einer der Wachen und riss seinen Partner mit sich. „Der Kardinal!"

Myrna, Nikolaus und Ruprecht konnten sich gerade noch in eine Türnische drängen, sodass die Männer ungehindert passieren konnten. Die Generatorblase hätte sie vielleicht durchgelassen.

„Los, schnell rein da", sagte Ruprecht. „Wer weiß, wie intensiv Seine Gnaden toben."

„Du meinst, das war Michael?", fragte Myrna während sie die wenigen Meter zur Tür liefen.

„Jo, der war auf dem Flug schon ziemlich geladen. Da muss jemand die erste Entladung ausgelöst haben." Eine weitere Erschütterung unterbrach ihn. „Das dürfte ein etwas größeres Unwetter sein, dass Seine Gnaden da loslässt."

Er öffnete das Sicherheitsschloss etwas unkonventionell. Rauch stieg aus den kaum sichtbaren Türfugen auf.

„Musstest du unbedingt die gesamte Verriegelung verdampfen?", fragte Nikolaus seinen Freund vorwurfsvoll. „Das wird den Vatikan einiges kosten."

„Glaub ich nicht", vermutete Ruprecht.

Die Tür schwang augenblicklich auf. Der Raum dahinter war mit drei Männern besetzt, die zur Tür starrten. Ruprecht riss die Hand hoch und ihre Köpfe waren in gleißendes Licht gehüllt. Anschließend saßen sie apathisch in ihren Stühlen und ließen die Köpfe hängen.

„Das gibt Kopfweh", meinte Nikolaus und zuckte mit den Schultern.

„Bannig Kopfweh", knurrte Ruprecht und trat an die drei Männer heran. Er untersuchte sie sehr genau. Dann richtete er sich kopfschüttelnd auf.

„Was ist?", fragte Nikolaus, der neben Myrna an einer Konsole stand.

„Alter Freund, die sind nicht von hier", antwortete Ruprecht, „sie tragen alle drei ANGELS-FASHION. Ich fürchte, die sind von Uriels Truppe. Hab ich mir doch gedacht, hab ich mir das."

„Du hattest recht, Ruprecht", murmelte Myrna und blickte vom Monitor auf. „Die Software ist made by CHIP. Das ist eindeutig deren Handschrift."

„CHIP? Wer ist dat denn?", fragte er verwirrt.

„Das ist das Central Headquarter for Intelligence Programs", murmelte Myrna. „Die entwickeln für die Überwachungsgruppen auf allen Planeten besondere Spionagesoftware. Jede fremde Software, die von den Überwachungseinheiten eingesetzt wird, muss von CHIP zugelassen werden."

„Woher kennst du die denn?", wollte Nikolaus wissen.

„Die wollten mich mal abwerben, aber Michael und Gabriel gingen dazwischen. Gab ziemlich Krach in der Chefetage."

„Gut zu wissen", knurrte Ruprecht. „Aber wir sollten gucken, dass wir fertig werden. Musst du die Software hier auch einspielen?"

„Nee, aber ich hab mir alle Schnittstellen zu

unseren internen Netzwerken und deren Zugangsdaten kopiert. Erzengel Michael wird sich über den Lauschangriff besonders freuen. Sein Computer ist auch angezapft." Myrna steckte einen Datenträger ein. „Und jetzt sollten wir verschwinden."

„Gute Idee", sagte Ruprecht, als die nächste Erschütterung das Gebäude erzittern ließ. „Michael scheint in seinem Element zu sein."

„Und ob." Nikolaus deutete auf eine blinkende Lampe am Empfänger des Generators. „Er ruft gerade um Hilfe."

*

Der Notruf des Erzengels Michael war aus dem Audienzzimmer des Papstes gekommen. Myrna, Nikolaus und Ruprecht fanden den Weg dorthin quasi geebnet vor. Eben war er allerdings nicht. Er glich mehr einem Weg der Verwüstung. Wenn sie nicht gewusst hätten, dass der Erzengel Michael vor ihnen die Gänge und Räume durchstreift hatte, sie hätten an einen

Terroristenüberfall geglaubt. Kein Möbel stand mehr an seinem angestammten Platz, die Wände wiesen Einschusslöcher auf und die Teppichmuster ließen einen gewissen Hang zur Rotfärbung erkennen. Außerdem lagen an vielen Stellen derangierte, ängstlich dreinschauende Leute, die ihre Wunden leckten.

Im Audienzsaal stand Michael vor einem zitternden älteren Mann im stilvollen Violett. Das Gesicht des Mannes war wild verzerrt. Er hatte Schaumspuren an den Lippen und seine Augen waren weit aufgerissen.

Um Michael herum herrschte das bekannte Chaos, wenn Seine Gnaden aufräumt. Möbel hatten ihr irdisches Dasein an irgendwelchen Wänden ausgehaucht. Ihre Überreste lagen ungeordnet herum. Zerfetze Vorhänge an den hohen Fenstern zeugten von dem Tornado, der hier gehaust hatte. Allerdings lag niemand unmotiviert in der Gegend herum. Das ließ Ruprecht darauf schließen, dass Seine Gnaden mit dem Herren in Violett ein Gespräch unter vier Augen geführt hatte.

„Da sind wir, Euer Gnaden", rief Ruprecht in das Chaos, nachdem Myrna den Generator abgeschaltet hatte. „Können wir irgendwie behilflich sein? Euer Gnaden sehen jetzt viel ausgeglichener aus als bei unserer Ankunft. Hatten Sie ein angenehmes Stündchen mit den Herren des Klerus?"

„Ah, Ruprecht", rief Michael, „lass deine Späße bitte. Die Lage ist ernst genug. Der Herr hier scheint sehr stur zu sein. Er will nicht glauben, wer ich bin. Sag du es ihm."

„Gern." Ruprecht trat vor und stellte sich vor den Würdenträger. „Also, pass mol op …"

„Ruprecht, in einer verständlichen Sprache, bitte!"

„Ich dachte, Euer Gnaden haben es damit bereits versucht." Das Grinsen auf seinen Lippen versuchte Ruprecht gar nicht zu verstecken. „Also, euer Merkwürden, ich darf dann mal vorstellen: Erzengel Michael. Mit wem hatte er das Vergnügen?"

„Lügner, Gotteslästerer, Ketzer", schrie der Mann.

Ruprecht hob die Hand und ließ den Mann einen halben Meter über dem Boden schweben. „Pass op, min Jung, noch eenmal Ketzer und ich schmeiß dich aus´m Fenster. Dat haben die von ´ne Inquisition schon vor 600 Jahren zu mir gesagt und mich angeheizt. Ungestraft nennt man mich so nich mehr, nie nich!"

„Das ist Kardinal Marzarine", sagte Michael die Hand Einhalt gebietend erhoben. „Halt dich zurück, Ruprecht."

Ruprecht setzte den Kardinal sanft zwischen den Trümmern ab. Dreimal holte er tief Luft.

„Also gut, aber wenn der noch einmal Ketzer sagt, kriegt er ´nen Alleinflug ohne Lizenz, Euer Gnaden. Dat is mir ernst, is mi dat."

Nikolaus trat nun hinzu. Er setzte sein freundlichstes Lächeln auf. Die beruhigende

Wirkung verfehlte es nur sehr selten. Heute war es der Fall.

„Wer bist du denn?", fauchte der Kardinal Nikolaus an. „Zieh sofort das Gewand des heiligen Nikolaus von Myra aus."

„Guter Mann, schaut genau her. Das Gewand gehört mir. Ich bin Nikolaus von Myra."

„Lügner, der heilige Nikolaus von Myra starb vor hunderten von Jahren." Marzarine richtete sich auf. „Ihr seid Terroristen! Tötet mich doch. Der Herr wird mir beistehen!"

„Warum sollte der Chef das tun?" Ruprecht winkte ab und wandte sich an Michael. „Zwecklos, Euer Gnaden, dat is ein total verbohrter Kleriker. Wenn er weder Sie noch Nikolaus erkennt, wenn sie beide vor ihm stehen, ist Hopfen und Malz verloren. Wir haben alles und noch mehr erledigt. Holen wir Antonius von Merloht und diesen von Grafen Cinzianio aus dem Kerker und fliegen zurück."

„Ruprecht, in der Not stehe ich allen bei", ertönte

die tiefe Stimme aus dem Nichts. „Ich habe auch dir auf dem Scheiterhaufen beigestanden."

„Ich weiß, Chef, und ich bin dankbar dafür."

„Das hast du oft bewiesen und tust es gerade wieder."

„Ist dieser Kardinal Marzarine gerade in Not?"

„Not würde ich das nicht nennen, auch wenn du ihn bedroht hast!"

„Stimmt, geb ich zu. Aber ich bin kein Ketzer!"

„Das bist du nicht!"

„Kannst du nicht mal etwas Hirn herunterwerfen und ihn treffen! Wäre nicht schlecht."

Das tiefe Lachen aus dem Nichts beendete den Dialog.

Alle Anwesenden, auch der Kardinal, hatten die Worte vernommen. Marzarine blickte völlig verwirrt drein. Seine Gesichtsmuskeln zuckten und seine Augen starrten ungläubig nach oben.

„Na, hast du es jetzt geschnallt, du Kardinal, du?", fragte Ruprecht. „Das war echt, mein Lieber."

Marzarine blickte von einem zum anderen. Noch verstand er nicht alles, wie sein Gesichtsausdruck verriet.

„Die Nonne", murmelte er, „gehört die auch zu euch?"

„Äh, spinn ich denn?", fuhr Ruprecht auf. „Natürlich gehört die Deern zu uns. Sie ist unsere beste Spezialistin, ist sie."

Zu weiteren Worten kam er jedoch nicht mehr. Myrna stürmte an ihnen vorbei und hielt Marzarine die Hand dicht vor das Gesicht. Der Kardinal atmete schwer. Seelig lächelnd verdrehte er die Augen. Schweiß strömte ihm übers Antlitz. Aus den Mundwinkeln sickerte Speichel. Dann klärte sich sein Blick wieder. Er sah sich verwirrt um und errötete.

„Der Herr sind ein Chauvinist erster Güte." Myrna trat zwei Schritte zurück. „So ein Ferkel. Am liebsten hätte ich dem eine, hätte ich!"

Marzarine zuckte zusammen und hielt die Hände vors knallrote Gesicht. Dadurch sah er nicht den von Myrna erzeugten Schwarm Bienen, der durch das offene Fenster hereinkam. Sie stürzten sich auf ihn. Schreiend und um sich schlagend stolperte er aus dem Audienzsaal.

„Dich möcht ich nicht als Feind haben", kommentierte Ruprecht den Angriff der Killerbienen.

„Lasst uns gehen", sagte Seine Gnaden, der ein Lachen nicht unterdrücken konnte. „Berichtet mir auf dem Rückflug."

„Machen wir glatt, aber erst mal müssen wir die beiden Abgesandten Seiner Gnaden aus dem Knast holen", wandte Ruprecht ein. „Ich geh denn mal. Hab schon mehrfach Engel aus diesem Loch geholt. Myrna, kommst du mit? Du bist dafür gerade richtig gut drauf."

„Wir gehen alle", entschied Michael.

„Ich wollte den heiligen Herren nur den Schmutz der Kerker ersparen", maulte Ruprecht. „Ich sach ja, Höflichkeit kommt nich immer an."

Da er voraus ging, konnte er das Grinsen der

anderen nicht sehen. Auf dem Weg zu den Kerkern durchquerten sie den gesamten Gebäudekomplex. Zielsicher führte Ruprecht sie bis zu einer grau gestrichenen Tür im Verwaltungstrakt. Den davor postierten Wächter schickte Nikolaus zur Betstunde. Hinter der dicken Holztür veränderte sich das Design der Umgebung. Hier war POP-ART MITTELALTER vorherrschend. Grob behauene, unregelmäßige Felsbrocken bildeten Wände und Decke. Die Stufen waren aus dem Fels grob herausgeschlagen und ausgetreten. Einziger Luxus waren die nackten Glühbirnen an der Decke, die den Ersatz für die immer noch vorhandenen Pechfackeln bildeten.

„Bischen aufpassen beim Runtergehen", warnte Ruprecht seine Begleiter, „die Stufen sind feucht und fließend Wasser haben sie hier auch."

„Wo?", fragte Myrna erstaunt. „Ich seh keine Wasserhähne."

„Kiek mal an´ne Wände", antwortete Ruprecht,

„is aber nur Kaltwasser."

Myrna knuffte ihn von hinten, was Ruprecht nicht aus dem Tritt brachte. Er öffnete eine schimmelige Holztür, die aus dem Treppenhaus in einen im gleichen Stil gestylten Gang führte.

„Dritte Tür links", knurrte Ruprecht und setzte seinen Weg zügig fort. „Wenn Euer Gnaden schon mal die beiden Häftlinge herausholen könnte, schau ich in die anderen Zellen. Müssten zwar leer sein, aber wissen kann man das nicht."

„Tu das, Ruprecht", stimmte Michael zu und ließ die bezeichnete Tür knarzend aufschwingen.

„Euer Gnaden kommen tatsächlich", vernahm Ruprecht die hohe Stimme vom Grafen Cinzianio.

„Wer denn sonst", rief er vom Ende des Ganges, „oder glaubst du, wir schicken dir den Weihnachtsmann? Claus von Clausenthal ist in Urlaub. Aber wenn du warten willst?"

Zwei verschüchterte Gestalten in abgetragener, schmutziger Häftlingskleidung traten auf den

Gang. Sie waren unsicher auf den Beinen, sodass Nikolaus und Myrna sie stützen mussten.

Ruprecht hatte inzwischen die anderen Zellen inspiziert, aber keine weiteren Häftlinge gefunden. Genauer gesagt, er hatte kein anderes Lebewesen festgestellt. Hier unten gab es nicht einmal Ratten, die Ruprecht besonders hasste.

„Schnell raus hier und mit Höchstgeschwindigkeit nach Himmelpforten", wies Michael ihn an, „ich habe ernste Worte mit meinem Amtsbruder Uriel und einem gewissen Kardinal zu wechseln."

„Dabei wissen Sie noch nicht einmal alles", knurrte Ruprecht, „Myrna wird Ihnen den Rest unterwegs berichten. Dann haben Euer Gnaden vielleicht noch mehr Lust auf ein Gespräch mit Kuschelieu. Gönnen tue ich es dem Sau..."

„Ruprecht", sagte Michael warnend.

„Is doch wahr", maulte Ruprecht und verließ als letzter den Kerkergang.

*

„Hoffentlich war es das jetzt mit den Noteinsätzen", knurrte Ruprecht, nachdem er den Schlitten #2 in die Werkstatthalle bugsiert hatte. Er dankte den Technikern, die ihm und Nikolaus geholfen hatten.

„Du bist sehr zuversichtlich", bemerkte Nikolaus, während er in seinen Mantel schlüpfte. „Das ist man gar nicht von dir gewohnt."

„Danke für das Kompliment, werde mich beizeiten revanchieren." Ruprecht öffnete die Blechtür zum Treppenhaus. „Watt is mit Kaffee?"

„Gute Idee." Nikolaus schielte zu Myrna, die mit Michael in einiger Entfernung stehen geblieben war. Abgelenkt durch ihren reizenden Anblick bemerkte er die zurückschwingende Tür nicht. Mit einem Dong beendete sie ihren Weg an seinem Kopf. Gleichzeitig schrie Myrna erschrocken auf und ließ Michael einfach stehen. Sie rannte zu Nikolaus, der, von der Tür beschleunigt, auf dem Hallenboden Platz genommen hatte. Besorgt dreinblickend beugte sie sich zu ihm herunter und nahm die schief sitzende Mütze ab.

„Nikolaus, was ist denn passiert?" Sie tastete vorsichtig seinen Kopf ab. „Das hörte sich ja schrecklich an."

„Junge, Junge", murmelte Ruprecht, der einige Meter entfernt stehend die Szene mit leichtem Unbehagen betrachtete, „wenn die Deern man nich in unseren alten Nicki verknallt ist."

„Meinst du?", fragte Michael, der unbemerkt zu Ruprecht getreten war.

„Aber so was von", fuhr Ruprecht nach einem Seitenblick fort. „Sonst hätt sie Euer Gnaden nich einfach stehen lassen. Außerdem macht sie viel Lärm um die kleine Beule. Deutlicher geht es nun wirklich nicht."

„Wenn du meinst."

Verwirrt starrte Ruprecht den Erzengel an. Er schüttelte den Kopf und hielt die Tür für den inzwischen mit Myrnas Hilfe aufgestandenen Nikolaus auf.

„Kommen Sie mit, Euer Gnaden?", wandte er

sich an Michael. „Gibt Kaffee und Kekse."

„Kekse?"

„Jo, Franziska ist bereits mit Keksdosen im Anmarsch." Ruprecht deutete auf die dick vermummte Gestalt, die mit einem Korb aus dem eingetroffenen Shuttle stieg.

Franziska stürmte an Ruprecht und Michael vorbei in das Treppenhaus des Hangars. Sie hielt den Korb vor dem Bauch, während sie die Stufen ins Büro erklomm. Oben angekommen hielt sie die Tür für Michael offen.

„Bitt schee, Euer Gnaden", sagte sie lächelnd und ließ die Tür fahren.

„Dacht ich mir", brummte Ruprecht leise, der die zuschlagende Tür gerade noch abfangen konnte, „is ja mal wieder typisch."

„Was sagst du, Ruprecht?"

„Nix", antwortete er laut. „Alles in Ordnung."

Franziska breitete ihre Mitbringsel auf dem Tisch aus und wandte sich dann ihrem Bruder Nikolaus zu. Ihre über die Beule streichenden Finger entlockten ihm mitleiderregende Laute. Das brachte ihm einen strafenden Blick seiner Schwester ein.

„Stell di net so an", kommentierte sie die Geräuschkulisse. „Das gibt nur eine Beule. Mit dem Geheul lockst du niemanden an."

Wenn du wüsstest, dachte Ruprecht, der Myrnas besorgten Blick bemerkte. Ich wüsste da schon jemanden, der ihn betüdeln würde.

„Das gibt noch etwas Kopfweh, wenn überhaupt." Franziska wandte sich an Ruprecht „Müsst ihr heute noch mal raus?"

„Wenn ein weiterer Notfall kommt, wird sich dat nich vermeiden lassen. Wir haben keine Rettungsschlitten mehr."

„Dann komm ich aber mit!"

„Das kann ich nicht verantworten", schaltete sich Michael ein, der mit Myrna an den Tisch trat. „Nach dem, was Myrna mir gerade berichtet hat und ich erlebt habe, ist das zu gefährlich."

Franziska verzog unwillig das Gesicht,

verzichtete aber auf eine Erwiderung. Ruprecht las daraus, dass für sie das Thema noch längst nicht abgeschlossen war. Wenn Franziska sich etwas in den Kopf gesetzt hatte, gab sie nicht einfach auf.

„Ich werde umgehend eine Besprechung mit Uriel einfordern", ließ Michael verlauten. „Kardinal Kuschelieu muss seine unerhörten Aktivitäten sofort einstellen. Die Überwachung des Vatikans ist schlimm genug, aber uns auszuspionieren ist der Gipfel der Unverschämtheit."

„Hab ich doch gesagt, dat Aas hat seine Nase überall drin", bemerkte Ruprecht.

„Ich konnte das bisher nicht glauben", gestand Michael, „damit hat es jetzt ein Ende."

„Glaub ich nicht! Wir müssen das überwachen, Euer Gnaden, und zwar laufend. Zum Glück hat Myrna sich die Details notiert. Ist eben ´ne patente Deern."

Myrna lief bei diesem Lob rot an. Nikolaus, der

einen kalten Lappen auf seiner Stirn festhielt, nickte zustimmend. Nur Franziska schaute ihren Gatten misstrauisch an.

*

Das Aroma frisch zubereiteten Kaiserschmarrns ließ Ruprecht Stunden später langsam aus tiefem Schlaf erwachen. Draußen war es noch dunkel. Der Wecker neben seinem Bett zeigte 5.30 Uhr. Eigentlich war es zu früh zum Aufstehen. Die letzten Schlitten würden erst in wenigen Stunden von ihren Einsätzen zurückkehren. Ruprecht hatte die Berichte der Besatzungen entgegen zu nehmen und die Schlitten auf Schäden zu begutachten. Schließlich musste die Technik die Schlitten so schnell wie möglich einsatzbereit machen.

Der Duft aus der Küche war jedoch Antrieb genug, das warme Bett zu verlassen.

„Guten Morgen, meine Liebe", flötete er, als er die Küche des Bungalows betrat. Franziska stand am Herd und bereitete seine Lieblingsspeise zu.

Der Tisch war für drei Personen gedeckt, was Ruprecht die Augen aufreißen ließ.

„Wer kommt denn so früh zu uns?", fragte er, nachdem er Franziska auf die Wange geküsst hatte.

Sie schenkte ihm ein glückliches Lächeln, was nach diesem Ritual nicht immer der Fall war.

„Seine Gnaden haben sich vorhin a´gemeldet", antwortete sie, „i hab ihm einen Kaiserschmarrn versprochen. Er klang ziemlich abgespannt. Hatte wohl eine harte Nacht, der Gute."

„Und watt will er von uns?" So ganz recht war der angekündigte Besuch Ruprecht nicht. Es gab Tageszeiten, zu denen er lieber alleine mit seiner Franziska war. Die Frühstückszeit gehörte eindeutig dazu.

„Woher soll I das wissen?" Franziska schüttelte den Kopf. „Er hat halt a´gerufen. I kann doch net sagen, er soll warten, bis der gnädige Herr aus seinem Schönheitsschlaf erwacht ist, oder! I glaub, er kommt bereits. Mach seiner Gnaden mal die Tür auf."

Ruprecht verzichtete auf eine Antwort. Er schlurfte zur Haustür und öffnete sie. Michael schüttelte sich unter dem Vordach, der letzten von Franziska verlangten Investition, den Schnee vom Mantel.

„Danke, Ruprecht, dass ich kommen darf", sagte Michael und schlüpfte auf der Schmutzfangschale aus den Stiefeln. „Ich muss unbedingt mit dir sprechen."

„Denn man rin inne Kö... in die Küche, Euer Gnaden."

Franziska kam mit einem Putzeimer auf den Flur. Sie drückte Ruprecht den Eimer in die Hand und begrüßte den frühen Gast besonders liebenswürdig.

„Mit mir macht sie dat nich", murmelte Ruprecht und stellte den Eimer unter Michaels tropfenden Mantel.

Inzwischen hatte Michael am Küchentisch Platz genommen und bekam Kaiserschmarrn auf den

Teller gehäuft.

Passiert bei mir auch nicht mehr, stellte Ruprecht fest, da heißt es immer: Achte auf dein Gewicht und deine Gesundheit.

„Mögen Euer Gnaden Puderzucker oder etwas Apfelmus dazu?", fragte Franziska und stellte einen gefüllten Kaffeebecher vor Michael.

„Puderzucker ist genau richtig. Dein Kaiserschmarrn duftet geradezu phantastisch, Franziska." Michael schob sich eine volle Gabel in den Mund. Genießerisch verzog er das Gesicht. „Und er schmeckt himmlisch."

Ruprecht ließ sich am Tisch nieder und füllte seinen Teller angemessen. Er nahm etwas vom selbstgemachten Apfelmus dazu und wandte sich dann an den Besucher. „Was kann ich für Sie tun, Euer Gnaden."

„Jetzt lass Seine Gnaden doch erstmal in aller Ruhe essen", fuhr ihn Franziska an, „du siehst doch, dass Seine Gnaden eine harte Nacht hinter sich hat. Habens überhaupt geschlafen, Euer

114

Gnaden?"

„Nein, das habe ich nicht", antwortete Michael.
„Die Besprechung dauerte bis 4 Uhr und war sehr
heftig. Der Kardinal stritt natürlich zunächst
vehement jegliche Beteiligung seiner Abteilung
an den Überwachungen des Vatikans und uns ab.
Zum Glück hat mir Myrna auf dem Rückflug
einen ausgezeichneten Bericht mit ausreichend
Details geliefert. Die Beweislast war erdrückend.
Uriel hat die sofortige Einstellung der
Lauschaktion gegen uns angeordnet. Ich werde
allerdings Myrna mit der laufenden Prüfung der
Sicherheit unseres Systems beauftragen. Sie ist
auf dem Sektor EDV ebenso eine Meisterin wie
du, Franziska, was die Kreation von ausgesuchten
Süßspeisen angeht."

„Oh, dank schee, Euer Gnaden." Automatisch
richtete Franziska ihre Frisur. Allerdings war ihr
entfallen, dass ihre Hände noch etwas vermehlt
waren. Weiße Spuren zierten daraufhin ihr
brünettes Haar. Ruprecht und Michael erwähnten

die Mehlsträhnen nicht. Keiner wollte sie in Verlegenheit bringen.

„Und jetzt sind Uriel und der Kardinal sicher nicht gut auf uns zu sprechen", meinte Ruprecht und füllte seinen Kaffeebecher aus dem Vollautomaten.

„Gehe davon aus."

In diesem Moment wurde heftig an die Haustür geklopft. Es war schon eher ein Hämmern, was Franziska augenblicklich in Rage brachte. Sie stürzte zur Tür und riss sie auf.

„Danke, Schwesterchen", ertönte Nikolaus´ markante Stimme, „Ruprecht ist ja noch da. Ah, Seine Gnaden sind auch anwesend. Das passt ausgezeichnet."

Ruprecht sah, dass sein Freund seinen verschneiten Mantel in die Garderobe hängte. Das ließ die Stimmung der Hausfrau weiter sinken. Weit konnte der absolute Nullpunkt nicht mehr entfernt sein. Gleichzeitig jedoch erreichte Franziskas Blutdruck den Höhepunkt. Sie kochte!

Nikolaus störte sich nicht am Zustand seiner Schwester.

„Wir müssen uns beeilen, Ruprecht. Es ist eine Katastrophe!", stieß er aufgeregt hervor. „Schlitten #4 wird über Paris vermisst. Wir können keinen Kontakt herstellen."

„Komm ruhig herein, lieber Bruder", rief Franziska ihrem Bruder nach, der mit seinen nassen Stiefeln in die Küche gegangen war. Auf dem frisch geputzten Boden hinterließ er eindeutige Spuren. „Und das nächste Mal tritt dir die Füße ab oder zieh deine verdammten Stiefel aus! Ich h a b e frisch geputzt!"

Verwirrt drehte sich Nikolaus um und schaute zu Boden. „Aber doch nicht hier, liebste Schwester. Da sind doch Fußspuren zu sehen. Da kommt es auf meine ..."

Der heran fliegende tropfnasse Wischlappen, ein Qualitätserzeugnis des himmlischen Kaufhauses MY MONEY, verfehlte Nikolaus nur knapp. Dafür wickelt sich das Wurfgeschoss mit äußerster Präzision um Ruprechts Kopf.

„Ich hab doch gar nichts Falsches gesagt", beschwerte sich Ruprecht, nachdem er sich mühsam befreit hatte. „Warum ..."

„Trifft nicht den Falschen", fauchte Franziska und griff nach ihrer Felljacke, „und diesmal komme ich mit, Ruprecht Semmelburger. Glaubst du, ich lasse mir Paris entgehen? Die Stadt der Liebe und die Hauptstadt der Haute Couture!"

„Eine ganze Besatzung?", murmelte Michael, nachdem er sich vom Lachkrampf erholt hatte. „Ruprecht, kannst du fliegen?"

„Klar kann ich das. Kommen Sie mit, Euer Gnaden?"

„Ich bleibe hier. Falls die Besprechung Nachwirkungen hat, will ich greifbar sein." Michael folgte ihnen in den Flur, nachdem er seinen Teller unter dem wohlwollenden Blick Franziskas ins Spülbecken gestellt hatte.

„Wir nehmen Myrna mit", verkündete Ruprecht. „Wenn wir die Einspielungen in Paris noch machen müssen, brauchen wir sie."

„Natürlich", stimmte Michael zu. „Nehmt auch Lord Nottingwood mit. Seine Lordschaft soll euch unterstützen und kann Franziska begleiten, während ihr eurem Auftrag nachgeht."

„Das, Euer Gnaden, ist eine sehr gut Idee", bemerkte Franziska überrascht. Sie schloss ihre Jacke und half Michael in den Mantel.

„Steck dein Scheckbuch ein, Ruprecht", flüsterte Nikolaus beim Hinausgehen dem immer noch erschrocken dreinblickenden Hausherren zu.

„Ich brauch keins, Euer Heiligkeit", erwiderte Ruprecht. „Ist dir entfallen, dass Männer mit festen Bindungen nie die Hoheit über Einkünfte haben? Außerdem benötigen wir in Himmelpforten kein Geld."

„Wie ich meine Schwester kenne, braucht sie es in Paris. Sag nicht, ich hätte dich nicht gewarnt."

Nikolaus beschleunigte seinen Schritt etwas und holte Franziska ein. Er hielt sie am Arm zurück.

„Wenn du mit nach Paris willst, liebste

Schwester, solltest du dich etwas richten."

„Ich? Ich bin gerichtet!" Sorgsam tastete sie ihre Bekleidung ab. „Nein, alles in Ordnung. Mein Herr Bruder sollte genauer hinsehen."

„Das tue ich ja. Dann gehören die Mehlsträhnen in deinem Haar zu deinem neuen Outfit."

„Was?", schrie Franziska auf und rannte zurück ins Haus.

3.4 Pariser Zwischenfälle

Stunden später setzte Ruprecht den Schlitten in der Nähe des Flugplatzes „Paris Charles de Gaulle" auf einer Waldlichtung in den nassen Schnee. Der Flug vom Nordpol bis nach Mitteleuropa war ruhig verlaufen. Die dicken Schneewolken über dem Kontinent konnte niemanden an Bord erschüttern. Nur der Turn zwischen einem Airbus und einer Boeing vor ihrer Landung machte Franziska sehr nervös. Sie hatt sich an ihren Bruder und Winston geklammert, bis der Schlitten zum Stehen

120

gekommen war.

„So etwas hab ich mir gedacht, Ruprecht Semmelburger", wetterte sie sofort nach Verlassen des himmlischen Gefährts los. „Nur weil ich unbedingt mitfliegen wollte, drehst du so steile Kurven, dass einem schlecht wird!"

„Nu halt mal die Luft an", brummte Ruprecht, der gerade die Zugtiere für ihre besondere Leistung bei der Landung lobte. „Wenn Hubertus, Engelbert und Manfred diesen Turn nicht so sauber geflogen wären, hätte die Landung gefährlich werden können. Vielleicht wären wir der Boeing zu nahe gekommen und du hättest den Landeanflug der 747 als Galionsfigur auf der Nase des Airliners erlebt." Er hielt kurz inne. „Wäre vielleicht sogar ein schöner Anblick gewesen. Du auf dem Radardom mit fliegenden Haaren, eine Faust beim Kampfschrei erhoben. Doch, das hätte was ..."

Gerade noch rechtzeitig duckte sich Ruprecht und entging knapp der heran fliegenden Taschenflasche mit dem Monogramm Winstons. Ein sattes Plong begleitete das Ende der ballistischen Flugbahn des blechernen Flachmanns an einer Fichte.

„Aber meine liebe Franziska", beschwerte sich Winston lautstark und klaubte die Flasche aus dem Gemisch aus Fichtennadeln und Schnee. „Das ist bester Cognac aus dem Hause „ANGELS SHARE". Bitte etwas sorgsamer damit umgehen."

„Nächstes Mal treffe ich garantiert", versprach sie, während Winston die Flasche sorgsam reinigte und in seinem Mantel verbarg.

„Außerdem hatte Ruprecht recht", meldete sich Nikolaus zu Wort, der seine Notration zuvor sorgsam verstaut hatte. „Wir wären glatt in die Boeing gerauscht, die aus den Wolken herausfiel wie ein Klavier."

„Klaviere können nicht fliegen, liebster Bruder!"

„Das schon. Frag doch die Zugtiere!"

Franziska verzichtete angesichts des heftigen

Nickens der drei Rentiere auf die entsprechende Frage. Dafür wandte sie sich einem anderen Thema zu. „Wie geht es nun weiter?"

„Wir teilen uns auf", antwortete Myrna, die ihren Rucksack während der Diskussion gepackt hatte. „Ich gehe mit Nikolaus und Ruprecht ins Rechenzentrum des Flughafens. Wir spielen die Software in das Netz ein, sodass alle Flughäfen Frankreichs abgesichert sind. Anschließend versuche ich, die Programme auch an die Bahn und die Verkehrsleitzentralen und in das Regierungsnetz zu übermitteln. Wenn das klappt, ist unser Job schnell erledigt. Wenn nicht, gibt's Stress."

„Und wir, liebste Franziska, machen uns auf die Suche nach der vermissten Crew", schaltete sich Winston ein. „Dazu fahren wir in die Stadt. Hoffentlich finde ich Hinweise auf den Aufenthaltsort unserer Besatzung und der Tiere."

„Ich will shoppen gehen", beharrte Franziska, „einmal in Paris, da will man doch shoppen."

„Du vielleicht", brummte Ruprecht, „allerdings haben wir kein Geld, meine Liebe. Auf Erden geht nichts mehr ohne Geld!"

„So blöd bin ich nun auch wieder nicht." Franziska zog ein Portemonnaie aus der Jackentasche. „Ich habe Geld geholt!"

„Wir regeln das", meinte Winston beschwichtigend und zog Ruprechts Angetraute mit sich in Richtung Waldrand. „Wir halten Verbindung, Ruprecht. Ich hoffe es nicht, aber vielleicht brauchen wir Hilfe."

„Ich hab gar kein gutes Gefühl", murmelte Ruprecht und schaute den beiden nach.

„Ach was, meine Schwester wird schon keinen Blödsinn machen." Nikolaus hakte Myrna unter. „Denk positiv, Schwager Ruprecht."

„Meinst das? Na, ich weiß nicht."

Ruprecht schloss sich den beiden an, die dem Weg in Richtung Flughafenzaun nahmen. Nach einem beschwerlichen Weg durch Schneematsch und über aufgeweichten Waldboden, gelangten sie an den Begrenzungszaun des Flughafen-geländes. Sie liefen an ihm entlang, bis sie zum ersten Parkhaus gelangten.

„Bevor wir uns unter die Menschen mischen, müssen wir uns der Mode anpassen", meinte Myrna lächelnd. „Wir sind auf einem Flughafen, also fallen drei Menschen in Kleidung einer Airline am wenigsten auf."

Ruprecht fand sich in der Uniform eines Flugkapitäns wieder, während Nikolaus, jetzt bartlos und mit sauber gestutztem Haar, als Co-Pilot dastand. Myrna selbst verwandelte sich in eine Flugbegleiterin.

Unbehelligt erreichten sie das Verwaltungs-gebäude und gelangten hinein. Myrna behielt die Führung, bis sie die Computerzentrale erreichten. Erst hier schaltete sie den kleinen tragbaren Generator ein. Nun waren sie für die Anwesenden nicht mehr zu erkennen und konnten ungehindert die IT-Zentrale betreten. Myrna lenkte die Anwesenden trotzdem durch einen zerplatzenden

Monitor an der hintersten Konsole ab. Sie winkte ihren Begleitern ihr zu folgen.

„Wir haben nicht mehr viel Zeit", bemerkte sie, als sie durch eine Tür mit der Aufschrift „Server" schlüpfte. „Einerseits hält der Generator bei drei Personen maximal noch 15 Minuten, andererseits bleiben uns nur noch 45 Minuten bis zur Deadline. Also Tempo, Jungs."

Obwohl Myrna als Technikerin eine wahre Koryphäe war, brauchte sie mehr als 20 Minuten, bis sie sich erschöpft zurücklehnte. Entschlossen drückte sie ein letztes Mal die Enter-Taste.

„So, damit wären die Flugplätze, die Verkehrszentralen und die Staatsbahnen mit der Software versorgt. Die Regierungsnetze sind allerdings nicht erreichbar. Das Militär haben wir, wie die Ministerien, bereits letzte Woche versorgt. Behördennetze erreiche ich nicht von hier. Wir müssen in die Stadt."

„Nicht unbedingt", wandte Ruprecht ein, „wenn ich dich richtig verstanden habe, willst du an das

Behördennetzwerk heran, oder?"

„Das ist der einzige Weg, Ruprecht."

„Dazu musst du doch nur an einen Computer heran, der mit dem internen Datennetz verbunden ist. Von dort aus erreichst du den Hauptserver über Umwege."

„Stimmt, aber wo finde ich so einen Computer? Dann muss er auch noch für externe Einspielungen geeignet sein."

„Beim Zoll, meine kleine Zuckerschnute", grinste Ruprecht.

„Das hättest du nicht gesagt, wenn Franziska dabei wäre", murmelte Nikolaus grinsend.

„Du hast recht, Ruprecht. Also los, Jungs, wir müssen uns beeilen. Es bleiben nur noch wenige Minuten."

Myrna stopfte die Geräte in den Rucksack, vergewisserte sich nichts vergessen zu haben und führte ihre Begleiter unbemerkt zurück in den öffentlichen Bereich.

*

Franziska von Bergheim und Seine Lordschaft Winston William Appleby gelangten ohne aufzufallen in die Pariser Innenstadt. Winston hatte beide vor Betreten der Metro mit angemessener Winterbekleidung ausgestattet.

„Kann ich die Sachen b´halten?", fragte sie als sie die Metrostation in der City verließen. „Ich meine, dee san doch viel fescher als meine."

„Meinetwegen", knurrte Winston, der vom Erzengel Gabriel die nötigen Freigaben zum Zugriff auf den interstellaren Store von ANGELS-FASHION erhalten hatte. Er schob Franziska auf die belebte Straße hinaus.

Da sie keinen Generator dabei hatten, mussten sie sich den Passanten anpassen. Franziska gelang es sehr schnell die Bewegungsart zu kopieren, was ihr von männlichen Passanten bewundernde Blicke einbrachte. Die Damenwelt, insbesondere die in männlicher Begleitung, starrte sie eher wütend an. Da der stattliche Winston neben ihr ging, konnten auch die Damen das Paar nicht so einfach übersehen.

Ehe Winston sich versah, hatte Franziska bereits Kurs auf einen eindrucksvollen Modesalon genommen. Argumenten war sie nicht mehr zugänglich. Franziska geriet in den Pariser Moderausch. Sie gab sich ihm völlig widerstandslos hin.

Verzweifelt machte sich Winston zunächst einmal mental auf die Suche nach den Vermissten. Er schaltete das geheime Abhörprogramm „Spy Angel 2.0", das er extra für diesen Auftrag erhalten hatte, jedoch schnell wieder ab. Das aufreizende Gespräch zweier nicht mehr so ganz taufrischer Damen machte ihm bis zu jenem Punkt Spaß, an dem er errötend bemerkte, dass sie über ihn sprachen. Seine Vorstellungskraft reichte durchaus dazu aus, die ihm offenbarten Fantastereien nachzuvollziehen. Er erschrak dabei sichtlich.

„Was ist denn, Winston?", fragte Franziska lächelnd, „ich fragte gerade, ob dir dieser Hauch von Nichts gefällt. Ich würde ihn natürlich nur für Ruprecht tragen."

Sie hielt ein durchsichtiges rosa Spitzenhemdchen in die Höhe, sodass er es betrachten konnte.

„Sehr schön", schnaufte Winston und wischte sich den Schweiß von der Stirn. „Ich brauche dringend frische Luft, liebste Franziska. Kommst du alleine klar?"

Franziska bejahte freudestrahlend und versprach, nicht mehr allzu lange im Geschäft verweilen zu wollen. Winston glaubte den Worten nicht so ganz. Trotzdem stimmte er zu und begab sich schnell auf die Straße. Draußen atmete er tief durch. Neben dem Modegeschäft befand sich praktischerweise ein kleines Bistro. Die Besucher waren überwiegend Männer. Aus ihren Gedanken erfuhr er, dass sie sich in einer ähnlichen Lage befunden hatten und einen Pastis dem Einkaufstrubel vorzogen.Winston überlegte nicht lange. Er bestellte einen Pastis und genoss den ungewohnten Alkohol.

Zufällig nahmen zwei Herren in dunklen Anzügen neben ihm Platz. Sie unterhielten sich ganz offen über vier komische Gestalten, die im Laufe der Nacht im nahen Polizeiposten eingeliefert worden waren. Ihre Kleidung glich der aus alten Fliegerfilmen und war für das Winterwetter nur bedingt tauglich. Morgen würde man die Typen dem Haftrichter vorführen. Einen richtigen Haftgrund hatte man zwar nicht, aber „Erregung öffentlichen Ärgernisses" reichte allemal. Schließlich bezeichneten sie sich als Engel und wollten unbedingt an einen Computer heran. Nicht einmal Ausweise hatten die Stadtstreicher bei sich gehabt, von Geld ganz zu schweigen. Abschließend hatten sie sogar mit dem Eingreifen des Erzengels Michael und den Wutausbrüchen eines gewissen Ruprecht Semmelburger gedroht. Auf die Frage, wer das sei, hatte einer der Jungs geantwortet, Ruprecht sei der Chef der Flugbereitschaft am Nordpol. Ihr letzter Satz: „Gott verzeiht alles, Ruprecht

Semmelburger nichts!" hatte das Fass zum Überlaufen gebracht. Alle vier saßen in einer Spezialzelle für psychisch gestörte Personen.

Das reichte Winston. Er ließ den restlichen Drink stehen und stürmte aus dem Lokal. Den von den Männern bezeichneten Polizeiposten fand er ohne Probleme. Allerdings, daran erinnerte sich Winston zu spät, besaß er nicht die nötige Erfahrung im Umgang mit der aktuellen irdischen Obrigkeit. Kein Wunder, denn seine Tage auf der Erde lagen bereits 300 Jahre zurück. Bereits damals war sein Auftreten gegenüber der Obrigkeit eher unorthodox gewesen. Daran hatte sich nichts geändert. Daher empfand er das Verhalten der Polizisten als ungehörig und respektlos. Als selbst die Nennung seines Titels Lord Nottingwood die Ordnungshüter nicht zum Einlenken bewegte, legte Winston William Appleby in seiner unnachahmlich liebenswürdigen Art lautstark seinen Unwillen dar. Er sparte dabei nicht mit einigen gewagten

Vergleichen zwischen den Beamten und so manchen armen tierischen Wesen. Der Respekt vor den himmlischen Wesen, insbesondere vor Seiner Lordschaft, verbietet eine Wiedergabe des Wortwechsels und der daraus resultierenden Reaktionen der Ordnungshüter. Schlussendlich wurde er in die Zelle gebracht, in der auch schon die Besatzung des Schlittens #4 sich die Zeit vertrieb.

„Hier habt ihr einen Mitstreiter", rief der Polizist höhnisch, nachdem er die Zellentür zugeschlossen hatte. „Er kann ja seine himmlische Macht anwenden. Ha, ha, ha."

„Oh, guten Tag Euer Lordschaft", begrüßte der Schlittenkommandant Wladimir Andrejew den Neuankömmling freundlich. „Was führt dich denn zu diesem finsteren Ort?"

„Nicht was, sondern wer, liebe Freunde", konterte Winston und nahm am kleinen Tisch Platz. „Ruprecht und Nikolaus sind da. Ihr werdet bei der FB Nord als vermisst geführt."

„Wo ist denn Ruprecht?", fragte Wladimir.

„Der ist mit Nikolaus und einer Technikerin am Flughafen. Sie spielen das Korrekturprogramm ein."

*

„Oh je", stöhnte Myrna auf, als sie mit der Einspielung der Dateien fertig war, „Ruprecht, wir sind noch nicht fertig!"

Die drei Weltenretter saßen in einem abgelegenen Büro des Flughafenzollamts, in das sie sich eingeschlichen hatten. Sie hatten einen Computer vorgefunden, der ans staatliche Netzwerk angeschlossen war. Myrna hatte ihre bezaubernden, schlanken Finger über die vergilbte Tastatur fliegen lassen, damit sie das Zeitlimit einhalten konnte. Ruprecht und Nikolaus hatten erleichtert ihre Worte, sie seien endlich fertig, aufgenommen. Und jetzt diese Hiobsbotschaft.

„Watt? Wie? Ich denk du hast es geschafft!", fragte Ruprecht erschrocken.

„Ich bin auch fertig, aber ich hab gerade zufällig eine Meldung aus dem Polizeinetz aufgerufen. Die Besatzung vom Schlitten #4 und Seine Lordschaft sitzen in einer Zelle bei einem Polizeiposten in der Innenstadt. Sie wurden festgenommen. Was bedeutet das, Ruprecht?"

„Wahrscheinlich sind sie besoffen auf der Straße angetroffen worden", antwortete Nikolaus für seinen Freund. „Oder sie sind nackt herumgelaufen. Irgendwas in der Art muss passiert sein."

„Was ist mit Franziska?", fragte Ruprecht sichtlich besorgt. „Ist sie auch eingesperrt worden?"

„Nein."

„Schon mal was. Hast du einen Hinweis gefunden, wo sie sich aufhält?"

„Nein, gar nichts. Aber weit kann sie von Winston doch nicht weg sein."

„Theoretisch, meine Liebe, rein theoretisch", schnaufte Ruprecht, „auf jeden Fall müssen wir die Jungs herausholen. Hat jemand eine brauchbare Idee?"

„Wir müssen hin", meinte Nikolaus nach einer Weile betretenen Schweigens. „Unterwegs wird uns etwas einfallen."

„Hat jemand Geld?"

Nikolaus griff grinsend in seine Jackentasche und holte ein Portemonnaie heraus. „Ich hab es vorsichtshalber eingesteckt. Wir können also los. Allerdings sollten wir den Generator mitnehmen. Hat er noch Energie?"

„Ja, hab ihn vorhin im Serverraum der Flugsicherung aufgeladen. Ein Glück, dass ich einen Adapter für das Stromsystem der Erde mitgenommen habe. Wir können uns unsichtbar machen, wenn es nötig ist."

In ihren Uniformen fielen die drei himmlischen Wesen auf ihrem Weg in die Stadt nicht auf. Die Hektik des letzten Tages des Jahres kam ihnen zugute. Niemand kümmerte sich um drei Besatzungsmitglieder einer Airline. Diese Leute gehörten im Paris des Jahres 1999 fast zum Straßenbild. Eine elegant gekleidete Frau mittleren Alters, die mit Paketen beladen vor einem Modesalon stand, war auch nichts Besonderes. Allerdings nur für die Einwohner der Hauptstadt. Ruprecht, Nikolaus und Myrna rissen erstaunt die Augen auf.

„Nee, dat gibt das nu aber nicht", brummte Ruprecht angesichts seiner mürrisch dreinblickenden Franziska. „Die Frau hat tatsächlich den ganzen Laden leer gekauft."

„Du siehst es doch", bemerkte Myrna lächelnd.

„Hab ich dir doch gleich gesagt", kommentierte Nikolaus das Bild, „Franziska darfst du nicht alleine in die Nähe von Modegeschäften lassen. Das war schon vor hundert Jahren so, als wir in Rom diesen Auftrag für Gabriel zu erledigen hatten. Erinnerst du dich?"

„Mit Grausen!"

„Was war denn da los?", wollte Myrna wissen.

„Erzähl ich dir auf dem Rückflug", murmelte

Nikolaus, „wir sollten erstmal unsere Leute aus dem Polizeirevier holen."

„Stimmt", knurrte Ruprecht, „hat jemand eine Idee?"

„Der Generator." Myrna klopfte auf ihren Rucksack. „Damit ist es ganz einfach."

„Dann macht ihr beide das, während ich meine Schwester zum Schlitten bringe", schlug Nikolaus vor.

„Einverstanden." Ruprecht kam dieser Vorschlag zwar komisch vor, aber ihm war es recht, wenn er sich jetzt nicht mit Franziska über Mode unterhalten musste.

In diesem Moment erblickte Franziska ihre Begleiter. Sie riss die Arme hoch und winkte sie heran. Ruprecht musterte sie auffällig langsam. Dann erläuterte er, ohne auf die Paketburg einzugehen, das weitere Vorgehen.

„Und was hältst du von meinem neuen Kostüm? Du scheinst dich gar nicht für meine Einkäufe zu interessieren." Franziska war ehrlich enttäuscht, was Ruprecht an ihrem Blick bemerkte.

„Doch, sieht gut aus, aber die anderen sitzen bei der Polizei fest. Irgendwie hat Winston sie aufgespürt und sich gleich dazu gesellt."

„Darum ist der nicht da. Ich hab mich schon gewundert, dass er nirgends zu sehen ist. Er ist doch eben erst raus gegangen."

„Seine Lordschaft sitzt bereits mehr als eine Stunde hinter Gittern", knurrte Ruprecht gereizt.

„Gerade erst rausgegangen ist da wohl eher als relative Aussage zu werten. Ich mach mich mit Myrna auf den Weg sie herauszuholen. Anschließend müssen wir noch den Schlitten und das Gespann suchen. Weiß der Kuckuck, wo die Tiere sind. Hoffentlich sind sie nicht von irgendwelchen Jägern gesehen worden. Wir treffen uns an unserem Schlitten."

Franziska schaute Ruprecht und Myrna misstrauisch nach. Eine steile Falte entstand zwischen ihren Augenbrauen, ein untrügliches Zeichen für ein aufkommendes Gewitter.

„Ist doch komisch, dass Ruprecht mit der Kleinen alleine die Befreiung unternehmen will", sagte sie in kampflustiger Stimmung zu Nikolaus. „Ich trau den beiden nicht."

„Quatsch", schaltete sich Nikolaus ein, „das ist meine Idee gewesen, meine liebe Schwester. Du hast einen fabelhaften Mann in Ruprecht, auch wenn du das manchmal nicht zu schätzen weißt."

„Was soll das denn nun schon wieder heißen?" Franziska stemmte die Hände in die Hüften.

„Das, was du gehört hast. Ruprecht hat hier einen Job zu erledigen und nimmt diese Aufgabe sehr ernst. Er toleriert sogar deinen Einkaufswahn, der uns in Probleme bringen kann. Und jetzt will ich davon nichts mehr hören."

„Mein Herr Bruder scheint heute mal wieder ganz auf Seiten meines Gatten zu sein. Vorhin im Schlitten, jetzt schon wieder!"

„Ach, hör mir mal lieber zu, anstatt dich hier auf der Straße aufzuplustern wie eine frierende Eule." Nikolaus legte eine kleine Pause ein. Diesmal blieb Franziska tatsächlich stumm. „Ich brauch noch ein kleines Geschenk für Myrna. Ich kann nicht in den Laden reingehen."

„Wie? Was? Du bist hinter der Kleinen her? Und ich dachte schon, du hättest nach der letzten Pleite mit dem Modeengel das Thema abgeschlossen." Franziska blühte förmlich auf. Verschwörungen waren schon immer ihre Stärke gewesen. „Was soll es denn sein? Unverfänglich oder eher eindeutig zweideutig? Eine Richtung musst du mir schon vorgeben."

„Unverfänglich, eindeutig unverfänglich."

„Die haben besonders nette Schals. Also teilweise sind ja Bilddrucke von Santa drauf, aber sie können auch dich mit der Abbildung gemeint haben. Wäre das unverfänglich genug?"

„Ich denke schon."

„Na, dann warte mal hier. I brauch deinen Geldbeutel."

Es dauerte wirklich nur wenige Minuten, dann kehrte Franziska schon wieder aus dem Laden zurück. Sie hielt ein kleineres Paket in der Hand und strahlte ihren Bruder an.

„I hab sogar Kundenrabatt gekriegt, Nicki. Hoffentlich hab ich das Richtige für die Kleine besorgt. Jetzt lass uns aber verschwinden. Der Ruprecht wird noch misstrauisch, wenn wir hier immer noch stehen. Nehmen wir ein Taxi?"

„Bei den Paketen wohl besser", gab sich Nikolaus geschlagen.

*

Ruprecht und Myrna fanden die im Bericht genannte Revierwache der Pariser Polizei ohne Probleme. Es war ein rotes Backsteinhaus mit erhöhtem Erdgeschoss. Die Eingangstür wurde über eine kleine Treppe erreicht. Auf einer Bank neben dem Aufgang saß eine junge Frau. Ihre aufreizende Kleidung, die hellrote Lockenpracht und das auffällig geschminkte Gesicht fiel den beiden unangenehm auf. Sie achteten nicht weiter auf die Frau.

„Ah, Verstärkung rückt an", sagte die Frau und

grinste Ruprecht frech an. „Man könnte sogar sagen, die Kavallerie naht."

Abrupt blieb Ruprecht stehen und schaute die Frau genauer an. War es möglich, dass ein normaler Mensch die himmlische Tarnung durchschauen konnte? Oder gehörte sie gar zur Konkurrenz?

„Nein, Konkurrenz würde ich meine Abteilung nicht nennen, Ruprecht", fuhr die Frau ungerührt fort. „Ich bin es, Emma Priel."

Ruprecht schaute noch genauer hin. Er kannte Emma Priel von einem Einsatz der viele Jahre zurücklag. Doch die jetzige Aufmachung war so gut, dass er sie erst jetzt durchschaute. Emma Priel gehörte zur Überwachungsgruppe des Erzengels Uriel. Sein Hauptquartier lag auf einer abgelegenen Insel im Südpazifik. Dort, so hieß es, wurden die Mitarbeiter ungestört von Uriel persönlich für die Überwachungseinsätze der Einheit aus- und fortgebildet. Uriels Truppe hatte die Aufgabe Einflussnahmen der Konkurrenz aus der Unterwelt zu ermitteln und zu bekämpfen. Soweit Ruprecht wusste, war Emma Priel eine der erfolgreichsten Mitarbeiterinnen.

„Ich hätt dich nicht erkannt", gab Ruprecht zu und schloss die Fahnderin kurz aber herzlich in die Arme. „Was machst du hier?

„Routineeinsatz, Ruprecht", antwortete sie, „und wer ist die jungen Dame?"

„Myrna Detroid", stellte Ruprecht vor, „sie ist mit mir im Auftrag von Michael unterwegs."

„Davon hat mir keiner was gesagt. Erst als die anderen Komikern, die in der Zelle sitzen, eingeliefert wurden, hab ich von deiner Anwesenheit erfahren. Was meinst du, warum ich hier sitze?"

„Wie, du weißt, dass unsere Leute drinnen sitzen?", fragte Ruprecht die Hände in die Hüften gestemmt, „hätt´s mal lieber was tun sollen anstatt hier rum zu sitzen."

„Wie du sehr wohl weißt, Ruprecht, ist das nicht unser Aufgabenbereich. Das geht uns nun mal nichts an. Aber ich hätte was unternommen, wenn du nicht bald aufgekreuzt wärst."

„Ach, nee", schnaufte Ruprecht, dessen Gesichtsfarbe langsam die Farbe einer reifen Tomate annahm.

„Außerdem hat sich die Besatzung selten blöd angestellt."

Myrna sah Ruprechts Gesichtsfarbe sich immer schneller dem gefürchteten Purpurrot nähern. Es stand eindeutig einer seiner seltenen aber gefürchteten Ausbrüche bevor. Daher ergriff sie schnell das Wort: „Was haben sie denn Schlimmes angestellt?"

„Als erstes haben sie den Flughafen, der anscheinend als Landezone zugewiesen worden war, mit dem Schloss Versailles verwechselt. Der Navigator ist wohl ein besonderes Ass auf seinem Gebiet."

„Ich hab dat doch wusst", fluchte Ruprecht und schlug sich mit der geballten Faust auf die Handfläche. „Ich hätt ihn nicht mit lassen sollen.

Is noch zu grün, der Junge."

„Stimmt, Ruprecht, das war keine Glanzleistung von dir."

In diesem Moment kamen zwei Polizisten aus der Wache. Sie nahmen, eindeutig die Situation verkennend, direkt Kurs auf Emma.

„Ich hab doch gesagt, du sollst deine Freier nicht vor unserer Wachstube anmachen, du Schlampe!", schrie der ältere Beamte sie an.

Weiter kam er nicht mit seiner Predigt. Automatisch griff er nach seiner in Richtung Knie rutschende Uniformhose. Kaum hatte er sie erwischt, erstarrte er augenblicklich. Dieses Schicksal teilte sein Kollege. Es blieb ihm allerdings die Peinlichkeit einer herunterrutschenden Hose erspart.

„Danke", murmelte Emma und senkte die erhobene Hand.

„War mir ein Vergnügen", antwortete Ruprecht, der sich durch dieses Intermezzo beruhigt hatte.

„Die sind erstmal für ein paar Stunden weg. Also,

red schon weiter."

„Nach dem Missgeschick mit der Landung irrten sie über zwei Stunden vollkommen planlos durch die Stadt. Sie wussten nicht einmal, wo sie sich befanden." Emma erlaubte sich ein Grinsen. „Endlich in der Innenstadt angelangt, setzte sich der Techniker erstmal von den Jungs ab. Er enterte einen kleinen, aber teuren Laden für Dessous. Eine glatte halbe Stunde brauchte er, um für seine Freundin ein paar Kleinigkeiten zu kaufen."

„Eine halbe Stunde?", fragte Ruprecht ungläubig nach.

Emma schaute Myrna an und verdrehte die Augen. Dann wandte sie sich wieder Ruprecht zu. „Der Junge konnte sich nicht entscheiden. Er schwankte zwischen dem Abbild eines bekannten, von dem Mädel angehimmelten Schauspielers auf der Vorderseite des Slips oder dem von Nikolaus. Er entschied sich für den Schauspieler auf dem Slip."

„Hat der ein Glück", schnaufte Myrna erbost. „Sag bloß Nicki wird auf diesen Slips häufig abgebildet!"

„Ja, aber reg dich wieder ab. Die Menschen wissen doch nichts von seiner Existenz, ganz zu schweigen von seinem Job in Himmelpforten. Sein Bild ist nur ein Symbol für die Weihnachtszeit."

„Ich hätte die aber sonst auch, hätt ich die."

„Weiter, Emma", drängte Ruprecht, den diese Diskussion nervte. „Was noch?"

„Während der Wartezeit verschwand Piotr, der Navigator. Er fand ein Obdachlosenhaus und sah sich einer Aufgabe gegenüber. Er predigte den Anwesenden von der Liebe Gottes, dessen Kinder auch sie seien. Als er dann noch anfing die Klosterregeln zu zitieren ..."

„Bete und arbeite", unterbrach Ruprecht. „Ich fand schon immer, der Spruch ist keine gute Werbung."

„... fanden sie das weniger amüsant. Erst

148

verprügelten sie ihn, dann warfen sie ihn auf die Straße. Zufällig näherte sich eine Lastwagen, der den armen Piotr glatt überfuhr. Das empfanden die unflätigen Leute nicht mal als schlimm. Doch als Piotr, wenn auch schmutzig und etwas verbeult, wohlbehalten aufstand und die Meute beschimpfte, trat das Chaos ein. Die Obdachlosen rannten schreiend davon. Die Polizei erschien auf der Bildfläche, befragte kurz den völlig verwirrten Lastwagenfahrer und nahm dann Piotr fest.

Auf der Suche nach Piotr gerieten die anderen drei in eine Demonstration gegen die geplante Erhöhung der Wein- und Alkoholsteuer. Die an sich friedliche Demo entwickelte sich leider nicht wie vorgesehen. Eine starke Abordnung der Heilsarmee, verstärkt um die Vereinigung der antialkoholischen Hausfrauenliga, stellte sich dem Demonstrationszug entgegen. Zunächst flogen die Worte, dann Flaschen und Bierdosen von den Steuergegnern. Die Hausfrauenliga hatte jedoch damit gerechnet. Sie schwangen ihre Nudelhölzer wie Baseballschläger und returnierten Flaschen und Dosen. Leider gab es dabei den einen und anderen Querschläger. Eine volle Bierdose schlug beispielsweise in den Feinkostladen Dupont ein. Die Auslage feinster Landeier wurde dabei in Mitleidenschaft gezogen. Monsieur Dupont persönlich schleuderte die Dose zurück. Er traf eine mit Megafon bewaffnete Hausfrau so unglücklich, dass ihr Sprachrohr mit Gewalt aus dem Mund entfernt werden musste. Danach kann man von einer Eskalation der Situation sprechen.

Blöd war nur, dass die beiden Besatzungsmitglieder Wladimir und Alexander verschiedene Ansichten hinsichtlich der Steuer auf alkoholische Erzeugnisse hatten. Wladimir war strikt dagegen. Sie schlossen sich folglich verschiedenen Lagern an. Es kam, wie nicht anders zu erwarten, zum „Kampf der Titanen". Sie setzten bei diesem Kampf alles Greifbare ein.

Schließlich duellierten sie sich mit mehreren vollen Magnumflaschen Champagner. Dreimal wehrte Alex die Würfe geschickt ab, dann jedoch verfehlte ein unglücklicher Rückhandschlag die Geschosse. Statt des geplanten Returns wurden die Flaschen in ein Flyby–Manöver gezwungen und extrem beschleunigt. Sie nahmen im exakten Formationsflug Kurs auf das Schaufenster im ersten Stock eines bekannten Kaufhauses. Die Scheibe hielt dem Trommelfeuer der aufs Äußerste beschleunigten Flaschen nicht stand. Genauer gesagt, sie landeten in der neu eröffnete Erotikabteilung des Hauses. Dort zerschellten sie und verteilten ihren Inhalt gleichmäßig auf Ware und Anwesende. Jetzt griff die bereits anwesende Polizei ein. Die Festnahmen trafen nicht nur Wladi und Alex. Man nahm neben anderen Demonstranten beider Lager auch den um Schlichtung bemühten Arameus fest. Auf der Wache steckte man die Besatzung nach kurzem Verhör in die Zelle für psychisch gestörte

Beschuldigte. Dort trafen sie auch Piotr wieder, der bereits eingeliefert worden war."

„Und Winston?" fragte Ruprecht, den nun kaum noch etwas schockieren konnte.

„Seine Lordschaft drang etwa eine Stunde später hier ins Revier ein. Er kehrte seinen Titel heraus und verlangte lautstark die Freilassung der Crew. Das hat die Franzosen überhaupt nicht interessiert. Als er dann etwas ungehalten auf die Weigerung reagierte, nahmen sie ihn einfach fest und sperrten ihn zu den anderen."

„Na toll", schnaufte Ruprecht. „Kannst keinen alleine loslassen!"

„Er hat übrigens mit dir und Michael gedroht", fügte Emma amüsiert hinzu. „Aber das lasse ich aus meinem Bericht heraus. Ansonsten muss ich unser Treffen erwähnen. Kardinal Kuschelieu hat seine Spione überall, wie du ja aus Erfahrung weißt."

„Danke, Emma, das ist sehr nett von dir." Ruprecht wandte sich an Myrna. „Bist du bereit,

Deern?"

Kämpferisch richtete sie sich auf. „Klar."

„Na denn!"

„Also, ich mach mich denn mal vom Acker", flötete Emma. „Was ich nicht seh, brauch ich auch nicht in den Bericht schreiben."

„Danke, Emma, hast was gut bei mir", sagte Ruprecht und zwinkerte mit einem Auge.

Sie umarmte Ruprecht zum Abschied und verschwand hinter der nächsten Hausecke.

„Dann zeigen wir denen mal, wer Ruprecht Semmelburger ist."

Ruprecht stürmte die Treppe hinauf. Gefolgt von der rachedurstigen Myrna, rannte er in den Wachraum. Hinter dem abgeschabten Tresen standen zwei erschrockene Polizisten. Die Airliner Uniformen beruhigten sie schnell wieder und die entzückende Myrna, deren Wangen förmlich glühten, entlockten ihnen anzügliches Grinsen. Das währte jedoch nicht lange.

„Ich bin Ruprecht Semmelburger." Ruprecht

baute sich vor den Beamten förmlich auf. „Sie haben fünf meiner Besatzungsmitglieder festgenommen. Ich tu die Duppel dringend brauchen und nehm sie mit."

Der erste Schreck wich schnell einem herzhaften Lachen seitens der Staatsgewalt. Offensichtlich war ihnen das noch nie passiert.

„Wie wollen Sie das denn machen?", fragte einer der Beamten.

Bevor Ruprecht etwas sagen konnte, trat Myrna hinter den Tresen und verpasste beiden Beamten eine schallende Ohrfeige. Das trockene Klatschen war weit zu hören.

„Das ist für die geradezu unerhörten Gedanken", fauchte sie während die Wangen sich röteten.

Ruprecht nickte und streckte die Hand aus.

„So geiht dat, Jungs", stieß er hervor, während beide umgehend erstarrten. Allerdings färbten sich ihre Uniformhose an gewissen Stellen dunkel.

„Harndrang", kommentierte Ruprecht die Szene.

„Geschieht den Knilchen recht."

„Eben. Wollten die mich doch nackig sehen", regte sich Myrna auf. „Das geht nun mal gar nicht, oder?"

„Aber so was von gar nicht", bestätigte Ruprecht und strebte dem Zellentrakt zu.

Er fand schnell die richtige Zelle und bedeutete Myrna, die ein Schlüsselbund in Händen hielt, aufzuschließen. „So, ihr Dösköppe, jetzt raus hier, aber dalli! Wo ist dat Gespann?"

„Im Stall von Versailles", antwortete Winston.

„Ich hab Piotr gefragt."

„Dann bring sie hin, Euer Lordschaft. Wir treffen uns in meinem Büro auf dem Flugfeld. Abmarsch!" Ruprecht trat beiseite und ließ die Besatzung an sich vorbeigehen. „Ihr seid mir vielleicht Helden. Erst landet ihr in Versailles anstatt beim größten Flughafen von Paris, dann lässt sich Piotr vom LKW überfahren und die anderen schmeißen bei einer Demo mit Sektflaschen um sich und werfen das

Schaufenster eines Kaufhauses ein. Darüber unterhalten wir uns noch in Himmelpforten."

In der Wachstube, wo die Polizisten immer noch erstarrt dastanden, stattete Myrna alle mit Airliner Uniformen und Geld für die Metro aus. Dann nahm sie Alexander beiseite und flüsterte: „Dein Glück, dass du für Sandra den Schauspieler auf dem Slip ausgesucht hast."

Sie ließ den verdutzten Jungen stehen und folgte Ruprecht auf die belebte Straße hinaus.

3.5 Arktisches Nachspiel

Am frühen Nachmittag des 3. Januar 2000 saßen Nikolaus von Myra und Ruprecht Semmelburger im Büro des Chief Maintenance Managers. Vor ihnen standen frisch gefüllte Kaffeebecher auf dem kleinen Bistrotisch am Fenster zum Flugfeld. Draußen tobte einer der gefürchteten Winterstürme, die jegliche Flugtätigkeit unmöglich machte. Um die Ruhe genießen zu können, hatte Ruprecht die Telefonanlage abgeschaltet.

„Weißt du, Ruprecht, ich bin froh, dass wir dieses Computerproblem auf der Erde verhindern konnten", meinte Nikolaus, der genüsslich am Kaffeebecher schnüffelte. „Wenn die Leute von DIGITAL ANGELS recht haben, haben wir eine Katastrophe verhindert."

„Du meinst mit DA eine gewisse junge Dame, mit der du seither besonders enge Kontakte pflegst?" Nikolaus grinste in seinen Rauschebart hinein, sagte aber nichts.

„Watt hast du ihr denn da ut Paris mitgebracht?", hakte Ruprecht nach.

„Ehm, ich, ihr etwas mitgebracht? Wie kommst du denn darauf?"

„Verkauf mich nich für dusselig, Nicki. Franziska hat mi dat vertellt."

„Ach, konnte meine geliebte Schwester mal wieder den Schnabel nicht halten!"

„Eh, komm, sie hat dat doch nur mir gesagt." Ruprecht fügte im Stillen noch ein „hoffentlich" hinzu. Er vertraute seiner Franziska natürlich vorbehaltlos, allerdings nicht wenn ihre beste Freundin Hildegard von Castrohl, die Gattin von Petrus, im Spiel war. Und mit Hildegard hatte Franziska gestern ein Pläuschchen von über drei Stunden gehalten. Insgeheim nannte Ruprecht die konspirativen Treffen bereits Redaktionssitzungen. Franziska kam von solchen Treffen stets mit einer Anzahl Neuigkeiten aus Himmelpforten zurück.

„Dir kann ich es ja sagen. Franziska hat für mich eine Kleinigkeit gekauft. Sie war noch mal schnell im Modeladen, während du mit Myrna zur Polizeiwache gegangen bist. Sie hat Myrna einen sehr schönen Seidenschal mit weihnachtlichen Motiven erstanden. Dazu hat sie, was ich wirklich nicht wusste, auch noch einen feinen Slip mit meinem Abbild gekauft."

„Und?"

„Myrna war völlig hin und weg, wie ich ja zugeben muss. Sie hat mich glatt zum Kaffee

158

eingeladen."

Zufällig warf Ruprecht in diesem Moment einen Blick aufs Flugfeld. Er erblickte die markante Figur des Erzengels Michael im dicken Wintermantel, der sich mit gesenktem Haupt durch den Sturm zum Hangar des technischen Dienstes durchkämpfte.

„Wat will der denn hier?", fragte er laut, „hoffentlich hat er nich wieder ´nen Sonderauftrag für uns. Bei dem Wetter gehen wir nicht raus."

„Wer kommt denn?"

„Michael. Seine Gnaden reißen in fünf – vier – drei – zwei Sekunden unten die Hangartür auf."

Kaum war der Countdown abgelaufen, da vernahmen die Freunde das vorhergesagte Geräusch. Krachend flog die Tür gegen die Hangarwand.

„Ruprecht, Nikolaus", ertönte die tiefe Stimme des Erzengels. „Ich bin es."

„War nicht anders zu erwarten", erwiderte

Ruprecht, der im Geiste die beschädigte Tür sah. „Wir sind oben im Büro."

Schwere Schritte auf der Stahltreppe zeugten davon, dass Michael die Worte wohl gehört hatte. Er öffnete schwungvoll die Bürotür. Ruprecht hatte nach den letzten Sachschäden beim Eintreten Seiner Gnaden, sämtliche Gegenstände aus dem Öffnungsbereichs der Tür entfernt.

Michael zog den schweren Mantel aus und verteilte dabei den mitgebrachten Schnee gleichmäßig auf dem Boden. Sein Blick fiel auf die Kaffeebecher. „Ist das Kaffee?"

„Purer Kaffee", sagte Ruprecht, der beim Anblick des tauenden Schnees auf dem Boden an den Putzlappen dachte, der Nikolaus verfehlt hatte.

Michael machte einen Schritt auf den Tisch zu. Aus der an sich ungefährlichen Bewegung wurde eine gekonnt ungelenke Gymnastikeinlage. Ein Stiefel rutschte in einer der kleinen Pfützen weg. Der daraus resultierende große Ausfallschritt wurde von der Hosennaht gebremst. Diese hielt jedoch nicht lange der extremen Belastung stand. Krachend gab sie sich der rohen Gewalt geschlagen. Michael, nun seines kleinen Halts beraubt, konnte den drohenden Sturz durch beherztes Ergreifen der Tischkante entgehen. Dabei drang aus der himmlischen Kehle ein nicht zu überhörendes Stöhnen.

„Is ganz schön rutschig auf nassem Boden, oder?", kommentierte Ruprecht die Szene. „Ich sollte lieber Franziska holen, damit sie Ihnen die Hose flickt, während wir uns unterhalten."

„Was? Franziska? Warum denn?"

„Die Büchs is hin, Euer Gnaden. Jemand muss sie flicken, bevor Sie wieder in die Kälte hinausgehen. Das wird sonst meist bannig kalt am Achtersteven."

Michael ertastete vorsichtig den Schaden und gab dann sein Einverständnis.

„Sie können solange auch meine Arbeitsbüchs anziehen", ergänzte Ruprecht, während er zum Telefon ging. Ganz nebenbei schaltete er die

Verbindung wieder frei. „Ich ruf mal an."

„Das geht nicht", sagte Michael, „ich habe es mindestens zehn Mal versucht, bevor ich losging. Die Leitung ist gestört."

„Was, echt?" Ruprecht drückte einige Tasten, dann erscholl das Rufzeichen aus dem Lautsprecher.

„Ja bitte", meldete sich Franziska recht schnell, „was kann ich für meinen Herrn Gemahl tun?"

„Kannst mal rüberkommen? Seine Gnaden hatten einen kleidungstechnischen Unfall. Bring dein Nähzeug mit."

„Was ist denn passiert?"

„Kurzversion: Die Hosennaht seiner Gnaden ist gekracht. Und buten is dat nun mal bannig kalt."

„Ich bin schon unterwegs", rief Franziska. „Sag Seiner Gnaden, er soll durchhalten. Rettung naht!"

„Nadel und Faden sind genug", meinte Ruprecht trocken und legte auf. Dann wandte er sich an Michael, der von Nikolaus eine von Ruprechts

Arbeitshosen bekommen hatte. „Sie ist auf dem Weg. Also, keine Panik auf'e Titanic, Euer Gnaden."

„Danke Ruprecht", schnaufte dieser mit schmerzverzerrtem Gesicht.

„Oh, was nich in Ordnung? Hat die Hose weitere Schäden davongetragen, durch die was verklemmt ist?"

„Quatsch."

„Dann haben Euer Gnaden bei der kleinen Turneinlage einen Schaden davon getragen? Schmerzt es etwa?"

„Kein Ausdruck! Ich fürchte, da hab ich mir etwas gezerrt. Wird schon wieder." Michael machte zaghaft einen Schritt, der von zischendem Einatmen begleitet wurde.

„Oder auch nicht", bemerkte Nikolaus. „Ich werd mal die Sanis holen. Damit spaßt man nicht."

Ohne auf die Einwände des Verletzten zu achten, griff Nikolaus zum Telefon und alarmierte den Rettungsdienst.

Ruprecht holte seinen Schreibtischstuhl, das neueste Modell aus dem Programm des himmlischen Büroausstatters „Angels Business Services", kurz ABS. Ohne zu fragen schob er das Büromöbel seiner Gnaden unter den Allerwertesten.

„Hinsetzen", befahl er beiläufig, „oder wollen Sie es noch schlimmer machen?"

Michael ergab sich eingedenk der Schmerzen dem Willen Ruprechts. Beim anschließenden Hosentausch, bei dem Nikolaus und Ruprecht assistierten, konnte er seine Schmerzen nicht verheimlichen.

„So, und nun können wir uns bis zum Eintreffen der Kavallerie über den Zweck Ihres Besuches unterhalten", sagte Ruprecht.

„Ich habe heute die Kopie eines Berichts von Uriel erhalten", begann Michael, wobei er leises Stöhnen nicht zurückhalten konnte. „Darin berichtet eine Agentin der Überwachungsbehörde von Vorfällen in Paris. Danach hat die Besatzung um Wladimir sich wohl so einiges geleistet, von dem ich nichts weiß."

„Ist nicht abzustreiten", kommentierte Ruprecht.

„Aha, dann kann ich also davon ausgehen, dass die Crew die wirklich ernsthafte Situation in Frankreich verschuldet hat."

„So nu auch wieder nich, Euer Gnaden."

„Wie soll ich das denn verstehen? Kannst du dich mal klarer ausdrücken?"

„Tja, ich dachte, das war klar genug." Ruprecht ließ sich auf einem Stuhl nieder und trank einen Schluck Kaffee. „Ich kenn zwar den Bericht von Emma Priel nicht, aber ich kenn die Deern schon einige Zeit."

Michael griff in seine Tasche und schob Ruprecht ein Schriftstück zu. Ruprecht zog es zu sich heran und studierte es genau. Ab und an erklang ein Grunzen aus seiner norddeutschen Kehle, was im allgemeinen nichts Gutes zu bedeuten hatte. Schließlich legte er die Bögen auf den Tisch zurück.

„Dat is nich von Emma", kommentierte er betont langsam und pochte auf die Seiten. „Das hat seine Merkwürden, Kardinal Kuschelieu, verbrochen. Eindeutig seine Handschrift."

„Kuschelieu?"

„Jepp, der war dat", bekräftigte Ruprecht. „Nikolaus kann das sicher bestätigen. Er hatte mit seiner Merkwürden bereits zu tun, Euer Gnaden. Sie werden sich an die Affäre Maria Medicus erinnern?"

„Sicher erinnere ich mich. Keine angenehme Geschichte, die da in Frankreich passiert ist. Aber das ist nun mindestens 500 Jahre her."

„Passt. Damals war Kuschliеu auch involviert, wie man heute zu sagen pflegt. Ich sech dat anners."

„Ruprecht, bitte in einer Sprache, die man auch versteht."

„´tschuldigung. Ich nenne das etwas anders, hab ich gesagt. Kuschelieu hatte die Medicus damals durch seine Hausspione überwachen lassen. Die haben ihm natürlich das berichtet, was er gerne hören wollte. Nikolaus dagegen hatte herausgefunden, dass das Mädel nichts Verbotenes getan hatte. Sie forschte ernsthaft an Medikamenten gegen verschiedene Krankheiten, darunter gegen die Pest. Der himmlische Gerichtshof hat uns voll und ganz zugestimmt.

Kuschelieu hatte vor Gericht alles versucht, um Nikolaus unglaubwürdig erscheinen zu lassen. Seine Lügengeschichten waren verda... ehm, sehr gut konstruiert. Was der Kardinal nicht wusste, war, dass Nikolaus nicht allein dastand. "

„Das weiß ich doch alles. Aber warum glaubst du, Kuschelieu steckt hinter diesem Bericht?"

„Es ist seine Handschrift, Euer Gnaden. Emma Priel würde niemals in ihren Bericht eine Wertung der Vorgänge vornehmen. Sie ist da sehr vorsichtig. Außerdem hat sie es mir versprochen."

„Du hast sie in Paris getroffen?"

„Ja, Euer Gnaden, das habe ich. Unser Treffen war zufällig und nicht dienstlich veranlasst.

Darum brauchte ich das nicht zu melden." Ruprecht nahm erneut einen Schluck aus der Tasse. „Ich glaub auch nicht, dass Emma das zufällige Treffen freiwillig gemeldet hat. Kuschelieu hat auch sie durch seine Haustruppe überwachen lassen. Die haben uns gesehen und es seiner Merkwürden gemeldet. Der Giftzwerg hat dann Emmas Bericht abgefangen und selbst neu geschrieben. Ein paar Details des Berichts stimmen auch nicht mit Emmas Erzählungen überein."

„Welche?"

„Weder Wladimir noch Alex wurden von ihr als Rädelsführer der Demos bezeichnet. Hätten die auch nie gemacht, weil sie ihren Auftrag ernst genommen haben. Das ist schon mal schlicht gelogen.

Dann haben sie nicht mit Autos um sich geschmissen. Es waren nur Champagnerflaschen und die landete sauber in der Erotikabteilung des Kaufhauses. Die Tatsache, dass die Existenz diese

Abteilung mehr Aufsehen erregt hat als das Wurfduell, fehlt im Bericht vollkommen.

Piotr hat den Navigationsfehler nicht absichtlich gemacht. Er ist einfach noch nicht so weit. Ich hatte aber keinen anderen für den Schlitten #4. Uns fehlt gut ausgebildeter Nachwuchs, Euer Gnaden. Und Verbindungen zur Höllenfraktion hat er garantiert nicht. Er ist ein feiner, einfacher und untadeliger Mitarbeiter mit erheblichem Lernbedarf.

Diese angeregte Diskussion im Obdachlosenhaus war doch völlig in unserem Sinne. Die Brüder saufen den ganzen Tag. Arbeiten wie andere wollen oder können sie nicht mehr. Piotr hat doch nur versucht ihnen nahezubringen, dass so ein Verhalten falsch ist. Und das sie die von Gabriel aufgestellten Klosterregeln derart beschimpften, konnte er nicht hinnehmen.

Die Festnahmen durch die Pariser Polizei hat der Crew die Durchführung des Auftrags unmöglich gemacht. Sie haben sogar den entstandenen

Schaden noch begrenzt, in dem sie keine ihrer besonderen Fähigkeiten einsetzten. Seine Lordschaft hat es anschließend doch auch nur gut gemeint. Wir alle kennen seine Probleme mit der Obrigkeit."

Michael schwieg einen Augenblick. Die Mimik des Erzengels verriet, dass er die Einwände von Ruprecht ernst nahm. Schließlich war er zu einer Entscheidung gekommen und versuchte aufzuspringen. Dabei missachtete er seinen Gesundheitszustand und die Physik. Ein tiefes Stöhnen ließ ihn mitten in der Bewegung inne halten. Das sich unmittelbar anschließende erneute Setzen, wäre schief gegangen, hätte Nikolaus den Bürostuhl nicht blitzschnell in die richtige Position zurückgeschoben.

„Dat war bannig knapp", murmelte Ruprecht.

„Danke", sagte Michael an Nikolaus gewandt.

„Lies du den Bericht auch, alter Freund. Teilst du Ruprechts Meinung?"

Nikolaus las das Schriftstück sehr aufmerksam

durch. Schließlich reichte er ihn mit den Worten zurück: „Das war nie Emma. Das war der Giftzwerg von Kardinal, jede Wette."

„Können wir das beweisen?"

„Anhand der falschen Tatsachen können wir den Bericht angreifen", meinte Ruprecht. „Wenn Kuschelieu allerdings Emma in der Hand hat, wird sie uns nicht unterstützen."

In diesem Moment stürmte Franziska von Bergheim ins Büro. Sie hatte neben dem Nähzeug auch noch eine Keksdose dabei.

„Ei, was ha´m Euer Gnaden sich denn dabei nur g´dacht", murmelte sie nach der Begrüßung. Danach wandte sie sich an Ruprecht. „Kein Wunder, dass Seine Gnaden zu Schaden gekommen ist. Der Boden schwimmt ja förmlich. Nimm gefälligst mal einen Putzlappen und wisch auf. Unverantwortlich von dir!"

„Ja, aber ich war das doch gar nicht", wandte Ruprecht ein.

„Es ist dein Büro und du bist für die Gesundheit

deiner Besucher verantwortlich. Also nimm gefälligst einen Lappen und jammre ned herum."

Ruprecht holte mit verkniffenem Gesicht einen Putzlappen und beseitigte die Pfützen. Zwischenzeitlich kümmerte sich Franziska um den Patienten. Das Knie hatte erheblich an Umfang zugenommen. Sie umwickelte es mit einem kalten, nassen Lappen. Währenddessen schob sich Michael einen Keks nach dem anderen in den Mund. Nervennahrung war ihm jetzt sehr wichtig.

„Ich werde den Bericht bei Uriel zur Sprache bringen, Ruprecht", murmelte er zwischen zwei Bärentatzen.

„Der Kardinal wird wiedermal alles abstreiten", antwortete Ruprecht resigniert.

„Kuschelieu?", fragte Franziska misstrauisch. „Hat der seine dreckigen Finger etwa wieder gegen Nikolaus ausg´streckt?"

„Nein, gegen uns alle", antwortete dieser.

„Diese kleine, miese Ratte, die sich hinter Titel

und Robe versteckt! Was hat er jetzt erfunden?"

Michael fasste das kurze Gespräch vor ihrem Eintreffen zusammen.

„Das sieht dem Stinkstiefel ähnlich, Euer Gnaden. Glauben´s dem kein Wort ned." Die Wiener Herkunft ließ Franziska nun deutlich hören. „Dem müsst man mal richtig, müsste man dem mal."

„Beruhige dich, Franziska", bat Michael. „Ich weiß, was ich von Kuschelieu zu halten habe. Ich weiß auch, ich stehe nicht alleine mit meiner Meinung da."

Er wandte sich an Ruprecht. „Was schlägst du hinsichtlich der Besatzung des Schlittens #4 vor?"

„Is schon alles erledigt, Euer Gnaden", antwortete Ruprecht, „ich hab den Jungs inklusive Alexander nach unserer Rückkehr tüchtig die Leviten gelesen. Piotr hat Extraunterricht verordnet gekriegt. So schnell baut der mir nicht nochmal so einen Bockmist. Verwechselt der ein Schloss mit einem Flughafen!"

Die Ankunft der Rettungssanitäter beendete das Gespräch abrupt. Michael gab sich mit Ruprechts Zurechtweisung der Besatzung zufrieden.

„Du solltest diesen Piotr zu Professor Nickeldorn schicken", schlug er vor, ehe er sich vorsichtig vom Stuhl erhob. „Er ist doch der beste Lehrer für planetare Navigation."

„Schon, bloß nach seinem Streit mit dem Kardinal darf er hier vorläufig nur als Labrador leben", wandte Ruprecht ein. „Bernie ist nich nur mein Freund, er ist auch ein Opfer des Kardinals, Euer Gnaden."

„Wer sagt denn, dass der Unterricht in Himmelpforten stattfinden muss. Wir haben doch das Notlandefeld östlich von Spitzbergen. Da gilt die Regel nicht. Das wird zwar jemandem nicht passen, doch das soll uns nicht daran hindern, unsere Besatzungen qualifiziert auszubilden."

„Das is auch wahr", strahlte Ruprecht. „Svalbord 2 ist voll ausgestattet. Ich flieg Bernhard und unsere größten Navigationskünstler demnächst hin. Mit dem Großraumschlitten kann ich auch gleich Verpflegung und einen Trainingsschlitten mitnehmen. Dann lohnt sich der Aufwand wenigstens."

„Dann haben wir das Problem auch gelöst", sagte Michael, der sichtlich stolz auf seinen Einfall war. „Übung unter extremen Bedingungen kann nicht schaden."

Er nickte den Sanitätern zu. Sie halfen ihm beim Aufstehen und setzten ihn in einen Sanitätsstuhl. Mit Hilfe von Ruprecht und Nikolaus trugen sie vorsichtig die Treppe hinunter. Franziska breitete den Mantel Seiner Gnaden über ihn, als sie in der Halle angekommen waren. Die Sanitäter schoben Michael hinaus zum Rettungsshuttle, dessen Hecktüren sich automatisch öffneten. Ruprecht, Franziska und Nikolaus folgten ihnen ins Freie. Die Sanitäter schoben Michael samt Stuhl ins Shuttle und schlossen die Türen. Langsam glitt das weiße Fahrzeug aus dem Schutz des Hangars auf das Flugfeld hinaus.

„Oh je, jetzt ist Seine Gnaden mit deiner Arbeitshose unterwegs zum Krankenhaus", stöhnte Franziska und hielt die beschädigte Hose des Erzengels hoch. „I mach's fertig und brings ihm ins Hospital."

„Das wird ihn sicher freuen", murmelte Ruprecht, wobei er in die leere Keksdose schaute. „Nimm ihm gleich Nachschub mit, meine Liebe. Die Verpflegung im Krankenhaus ist nicht die Beste und Seine Gnaden braucht Nervennahrung."

4.0

6. Dezember 2003

Was Ruprecht aus dem Schlaf gerissen hatte, konnte er nicht sagen. Nur langsam wurde ihm bewusst, dass er nach dem harten Nachteinsatz mit Nikolaus über Norddeutschland zu Hause im Sessel eingeschlafen war. Es herrschte totale Stille im Bungalow am Rande des Flugfeldes. Also war Franziska immer noch bei Rudolph in der Caribou-Station. Sie untersuchte sicherlich seine durch den intensiven Kontakt mit dem Rücklicht des Trucks verletzte Nase. Das sah ihr ähnlich! Nicht umsonst hatte sie von den Rentieren den Beinamen „Mutter der Caribous" erhalten.

Ruprecht stemmte sich aus dem Sessel und schlurfte in die Küche. Sein Ziel war die Kaffeemaschine auf dem neuen Küchenensemble des berühmten Möbelhauses „Interstellar–Furniture". Der silbrig schimmernde Vollautomat ließ wohlriechenden Kaffee in seinen Becher rinnen, obwohl die Geräuschkulisse eher an einen Schiffsuntergang erinnerte. Ein Schuss frischer Milch aus dem Kühlschrank gab dem Getränk eine hellbraune Farbe.

So ist der Kaffee richtig, stellte Ruprecht nach dem obligatorischen Schnüffeltest fest und kehrte ins Wohnzimmer zurück. Nach dem ersten Schluck breitete sich in ihm ein behagliches Wohlfühlklima aus. Doch das hielt nicht sehr lange an.

Die Haustür wurde wenige Augenblick später aufgestoßen und Ruprecht vernahm die einzigartigen Stimmen der besten Freundinnen seiner Gattin. Das QUARTETT DES GRAUENS, wie er die illustre Runde insgeheim nannte, war zum Austausch von Neuigkeiten ausgerechnet heute zu den Semmelburgers gekommen. Das waren neben der Hausherrin die Gattin von Petrus, Hildegard von Castrohl, sowie Chantal de Bruyere, die Vorsitzende des Damenbundes

„Hüftgold". Seit einiger Zeit ergänzte Hermine von Knickebein, eine der ältesten Freundinnen Franziskas, das einstige Trio.

Ruprecht nahm schnell seine Schlafposition im Sessel ein und schloss die Augen. Da wurde bereits die Zimmertür geöffnet.

„Oh, Ruprecht ist auf dem Sessel eingeschlafen", vernahm er Franziskas Stimme, „gehen wir ins Esszimmer. Seine Schnarchlaute sind so was von nervig. Das kann ich euch nicht zumuten. Ich bin schon manche Nacht ins Gästezimmer gegangen, weil ich es nicht aushalten konnte. Außerdem, wenn ich Ruprecht jetzt wecke, ist er unausstehlich!"

Nur mit äußerster Anstrengung konnte Ruprecht eine Erwiderung vermeiden. Er gab nur einen Grunzlaut von sich und kuschelte sich in die Decke, die er über sich gebreitet hatte.

„Mein August schnarcht ebenfalls", erklärte Chantal de Bruyere in ihrem französischen Akzent, „was er natürlich abstreitet. Außerdem sagt er, und das empfinde ich als reine Frechheit, ich würde auch schnarchen! Ich bitte euch, ich und schnarchen."

„Das behauptet Petrus von mir auch", schaltete sich Hildegard von Castrohl ein, „allerdings habe ich das noch nie gehört. Reine Schutzbehauptungen, wenn ihr mich fragt."

Franziska zog die Tür wieder zu.

„Kommt herein", sagte Franziska kurz darauf im Nebenzimmer, „Hier sind wir näher am frischen Kaffee, wenn auch das Esszimmer für einen Besuch meiner liebsten Freundinnen nicht der ideale Ort ist."

Ruprecht verkniff sich eine seiner bissigen Bemerkungen. Er wusste, dass er nur verlieren konnte. Allein gegen das QUARTETT DES GRAUENS war ein aussichtsloser Kampf.

So blieb er in seinem Sessel und lauschte den trauten Stimmen der Damenwelt.

„Setzt euch", forderte Franziska die Besucherinnen auf, „ich hole nur eben eine Probe der neuen Wintergebäck-Kollektion. Die müsst ihr einfach probieren. Ich habe einige neue Rezepte kreiert."

Ruprecht vernahm das Knarzen der Stubentür, rührte sich aber nicht. Er versuchte leise Schnarchtöne von sich zu geben. So richtig glaubte er nicht an ein erfolgreiches Täuschungsmanöver.

„Muss tatsächlich ein harter Einsatz gewesen sein", vernahm er das Murmeln seiner Gattin, „sein Becher ist noch ziemlich voll und er schnarcht trotzdem. Wenigstens hat er die Küche aufgeräumt, nachdem er die Pfannkuchen für meine Freundinnen verputzt hat. Aber das reibe ich ihm noch unter die Nase."

Ruprecht bebte innerlich vor Anstrengung. Er musste weiterhin den Schlafenden spielen, sonst würde Franziska einen ihrer gefürchteten Ausbrüche haben. Die Tür wurde leise ins Schloss gezogen und vom Flur her waren Franziskas Schritte zu hören. Die Esszimmertür wurde quietschend geöffnet. Ruprecht war froh, der Aufforderung seiner Gattin noch nicht nachgekommen zu sein.

„Entschuldigt bitte dieses unerträgliche Quietschen", sagte Franziska prompt, „aber Ruprecht sollte die Scharniere längst geölt haben. Ich rede mir schon seit Monaten den Mund fusselig, aber nichts geschieht. Ich denke, er macht es absichtlich."

„Das kann ich mir bei deinem Ruprecht kaum vorstellen, liebste Franziska", bemerkte Hildegard von Castrohl in ihrer unverwechselbaren Stimmlage, „er ist immer so hilfsbereit. Petrus hat das letztens besonders erwähnt."

„Das ist er", stimmte Franziska zu, „aber er hat manchmal ein schlechtes Gedächtnis, zumindest was einige Dinge angeht."

„Du wolltest uns doch etwas Unerhörtes erzählen, Hildegard", ließ Hermine von Knickebein vernehmen, „was ist denn passiert?

„Petrus kam heute erst sehr früh zurück", begann

Hildegard von Castrohl ihren Bericht. „er hatte eine eingehende Konferenz mit den Verantwortlichen von DIGITAL ANGELS, die das neue Wetterprogramm nicht hingekriegt haben. Dabei hat er ihnen mehr als einmal seine kompetente Hilfe angeboten. Sie wollten das Angebot einfach nicht annehmen. Was soll ich euch sagen. Die haben ihm heute einen ganz bösen Streich gespielt."

„Was, deinem Petrus, der es mit jedem nur gut meint?", empörte sich Chantal de Bruyere. „Das sieht diesen Engeln mal wieder ähnlich."

„Erst dachte ich ja, ich hab ihn dabei erwischt, dass er sich … nun ja quasi auswärts mehr als nur Appetit holt, wenn ihr wisst, was ich meine."

„Nein, was meinst du?", fragte Henriette von Knickebein, der Ruprecht die Naivität glaubte.

„Na, dass er eben bei ...", Hildegard von Castrohls kraftvolle Stimme wurde bei jedem Wort leiser.

„Du meinst, dass Petrus fremdgeht?", hakte

Franziska nach, die keine Hemmungen in dieser Hinsicht zeigte. „Wie bist du denn darauf gekommen?"

„Stellt euch vor, in einem seiner Stiefel steckte, sorgfältig gefaltet, ein rot-weißer String-Tanga!" Ruprecht kämpfte in seinem Sessel einen schier aussichtslosen Kampf gegen einen Lachkrampf. Dabei hätte er fast seinen Kaffee verschüttet. Er schaffte es gerade noch den Becher wieder auf dem Tisch abzustellen.

„Das hätte ich von Petrus nie gedacht, liebste Hildegard", ließ Hermine von Knickebein verlauten, „er ist doch so ein feiner Mann."

„Hätte er dir nicht gepasst?", überging Franziska den Einwurf. „Die Dinger sind auf der Erde der letzte Schrei."

„Franziska, so etwas Frivoles würde ich nie tragen", protestierte Hildegard von Castrohl lautstark. „Was denkst du von mir."

„Nur das Beste, meine Liebe", antwortete Franziska, „und, hat er gepasst?"

„Natürlich nicht. Viel zu klein! Darum kam ich ja auf den Gedanken, dass Petrus … na, ihr wisst schon. Aber dem hab ich vielleicht die Leviten gelesen! Alle Nachbarn haben es mitgekriegt."

„Stimmt, du warst ziemlich in Fahrt", stimmte Chantal de Bruyere zu, „ich hab mir gleich ein paar Notizen gemacht, wenn mein August mal wieder zu spät heimkommt. Merken kann ich mir das nicht alles."

„Als ich mich völlig verausgabt hatte, sagte mir Petrus, er wäre doch die ganze Nacht bei dieser Besprechung mit DIGITAL ANGELS gewesen. Den muss einer von DA ihm aus Rache in den Stiefel geschmuggelt haben. Erst hatte ich ja Nikolaus in Verdacht. Aber der war bei der Versicherung. Dein Ruprecht war auch dabei, wie ich von Gabriel erfahren habe. Die können es nicht gewesen sein. Woher sollten die auch einen String-Tanga haben?"

„Eben", bestätigte Franziska, deren Stimme für Ruprecht etwas zweifelnd klang.

„Also kann es ja nur einer von DA gewesen sein."

„Das ist unerhört", meldete sich Hermine von Knickebein wieder zu Wort, „man sollte denken, es sind erwachsene Engel. Das gehört sich einfach nicht, einem so ehrenwerten Mann derartige Streiche zu spielen."

„Was ist denn passiert, dass Nikolaus und Ruprecht zu Gabriel mussten?", fragte Chantal de Bruyere. „Davon höre ich das erste Mal."

„Genau hab ich das auch nicht verstanden", gab Franziska zögernd zu, „ich bin aus dem Haus, bevor Ruprecht mir genaueres sagen konnte. Der arme Rudolph mit seiner Nase tat mir entsetzlich leid."

„Du bist eben eine gute Seele", kommentierte Hermine von Knickebein, „aber was ist denn nun passiert?"

„Sie mussten auf der verschneiten Autobahn landen und sind in einen Lastwagen gerauscht. Da hat sich Rudolph von Norstrip die rote Nase geholt."

186

„Wie schrecklich", stöhnte Chantal de Bruyere.

„Grauenhaft", schloss sich Hermine von Knickebein an.

„Was hast du denn noch gehört?", lenkte Hildegard von Castrohl auf das ursprüngliche Thema zurück. „Was ist denn noch passiert? Petrus konnte mir nichts genaues berichten."

„Mir erzählte ein Bearbeiter der Versicherung", fuhr Franziska fort, „bei wilden Flugmanövern sei einiges kaputt gegangen. Sie haben offenbar eine riesige Eiche gefällt und einen Fabrikschornstein auf halber Höhe förmlich gekappt. Dann ist die Antennenanlage einer Fernsehstation zerstört worden. Die Haftpflicht hat anscheinend einiges zu zahlen."

„Da muss du doch froh sein, dass Ruprecht gesund zurückgekehrt ist", sagte Hermine von Knickebein.

Ruprecht richtete sich abrupt auf. Das Blut rauschte in seinem Kopf und seine Hände zitterten. Er kochte vor Wut über die maßlosen

Übertreibungen. Doch er beherrschte sich und blieb in seinem Sessel.

„Das Wetter muss besonders schlecht gewesen sein. Sonst passiert Ruprecht so etwas nicht", fuhr Franziska fort. „Über Norddeutschland hat ein Blizzard ungeahnten Ausmaßes getobt. Die Wetterblase hat nur teilweise gehalten."

„Daran hat Petrus aber keine Schuld", hakte Hildegard von Castrohl umgehend ein. „DIGITAL ANGELS trägt dafür alleine die Verantwortung. Petrus hat mir versichert, dass er ganz anderes Wetter programmieren ließ. Er hat alles getan, um Nikolaus die Arbeit zu erleichtern. Außerdem wusste er, dass dieses junge Rentier zum ersten Mal mit hinaus sollte."

„Das versteht sich doch von selbst, liebste Hildegard", lenkte Franziska ein

„Etwas anders hätte mich gewundert", stimmte Chantal de Bruyere zu.

Hermine von Knickebein wechselte abrupt das Thema: „Hat es noch weitere Schäden gegeben?

Was sagt denn die Versicherung?"

„Der Versicherungsengel meinte, dass der Schlitten in die Werkstatt muss", erklärte Franziska. „Übrigens, ein sehr netter, adrett gekleideter junger Mann mit ausgezeichneten Manieren. Das hat man heute nicht immer."

„Da bin ich ganz deiner Meinung, liebste Franziska", ließ Hermine von Knickebein vernehmen. „Wir haben da im Krankenhaus einige Pfleger, die ganz anders sind. Ich könnte euch Dinge erzählen!"

Jetzt geht es richtig los, dachte Ruprecht und trank einen Schluck Kaffee. Er zog sich die Decke über den Kopf, damit er die weiteren Neuigkeiten aus Himmelpforten nicht mehr hörte. Wohlige Wärme durchflutete seinen Körper und brachte die Müdigkeit zurück. Seine Augen fielen zu und der Schlaf nahm sich wieder seiner an.

Danksagung

Vielen Dank allen, die mich durch Anregungen und Kritik bei der Erstellung des Buches unterstützt haben.
Insbesondere bedanke ich mich bei

Anja Rosok, ohne die dieses Buch nie geschrieben worden wäre. Danke für den Schuh an der Autobahn; für die Geduld, wenn ich mal wieder im „Überarbeitungsmodus" war; für die Motivation, wenn mal nichts mehr ging; für Rat und Tat bei der Realisierung des Projekts.

Raya Rosok, die für die Coverbilder viel Zeit investiert hat.

Last but not least meiner Familie, die mir den Mut zum Schreiben gegeben hat. Danke für die Zeit zum Zuhören, für so manche Anregung, die Geduld und für das Verständnis, wenn ich mal wieder abends zum Nordpol „geflüchtet" bin.

Gibt es etwas Anderes außer Fliegen?

Ruprecht Semmelburger fliegt mit seiner Crew zum
Südpol. Die ausgeliehenen Schlitten müssen zurück.
Ein gewöhnlicher Auftrag?
Unterschiedliche Mentalitäten treffen aufeinander.
Dann die Meldung: „Schlitten über dem Atlantik
vermisst." Rettungsschlitten gibt es nicht.
Ruprecht und seine Leute brechen zu einem riskanten
Rettungseinsatz auf.

Wie kommt es, dass sie beim Karneval in Rio landen?

**Das zweite amüsante Abenteuer der
Flugbereitschaft Nord unter der Leitung von
Ruprecht Semmelburger.**

Die Abenteuer des
Ruprecht Semmelburger

Weihnachtskrise

MICHAEL LAß

Ist Weihnachten zu retten?

Erzengel Michael ist verzweifelt.
Santa kann nicht fliegen.
Über Kanada ist Claus von Clausenthal abgestürzt.
Wer soll die Weihnachtsmänner ersetzen?
Wird Nikolaus von Myra seinen Urlaub abbrechen?

Die Zeit drängt. Neue Einsatzpläne müssen her.

Ruprecht Semmelburger, der Leiter der Flugbereitschaft
Nord und Bernhard Nickeldorn, sein Navigationsexperte,
machen sich an die Arbeit.

Dieses Abenteuer fordert Ruprecht Semmelburger heraus.